Toni Lauerer · Willkommen im Spiegelsaal

Toni Lauerer

Willkommen im Spiegelsaal

BUCHVERLAG

1. Auflage 2014
ISBN 978-3-86646-305-9
Alle Rechte vorbehalten!
© 2014 MZ-Buchverlag in der
H. Gietl Verlag & Publikationsservice GmbH, Regenstauf
www.gietl-verlag.de
Umschlagfoto: Foto Wagner, Furth im Wald

Inhalt

Vorwort

Liebe Leserin,
lieber Leser,

herzlichen Glückwunsch zum Kauf meines neuen Buches!
Sie haben damit mir (und hoffentlich auch sich selber) eine große
Freude gemacht!

Wenn Sie das Buch gekauft haben, um darin den Sinn des Lebens oder
die Antwort auf die großen Fragen unserer Zeit zu finden, dann wünsche ich Ihnen viel Glück, denn das werden Sie brauchen!

Wenn Sie aber das Buch gekauft haben, um wieder einmal herzlich
über die kleinen und auch größeren Peinlichkeiten unseres Daseins zu
lachen, dann wünsche ich Ihnen viel Spaß!
Denn genau das war meine Absicht, als ich mich zum Schreiben hin-
gesetzt habe:
Meinen Lesern, meinen Fans und denen, die es hoffentlich nach dem
Lesen dieses Buches noch sind oder auch werden, einige unbeschwerte
Stunden und gute Laune zu bescheren.

Genießen Sie die Erlebnisse und Eindrücke eines (hoffentlich)ganz
normalen Mannes, der zwar inzwischen auch die 50 überschritten hat,
dessen Absicht es aber immer war und immer bleiben wird, den Laus-
buben in sich nie zu unterdrücken oder gar zu verleugnen.

Kurz einige Worte zum Inhalt des Buches:
Was mir schon seit Langem auffällt ist, dass Frauen uns Männer oft
bezichtigen, Jammerlappen zu sein, wenn es um unsere gesundheitli-
chen Gebrechen geht.
Ich muss das jetzt ein für allemal deutlich – als Mann – sagen:
Da haben die Frauen recht!
Gerade in letzter Zeit, nachdem wir am Stammtisch alle den 50er ge-
schafft haben, kreisen unsere Gespräche verdächtig oft, meiner Mei-

nung nach zu oft, um die bösen V-Worte wie beispielsweise **V**erhärtungen, **V**ersteifungen, **V**erzerrungen, **v**erschleppte Erkältungen, **v**erdorbene Mägen, **v**ereiterte Zähne oder gar **V**iagra!
Letzteres Wort habe ich noch nie in den Mund genommen, auch das Produkt noch nicht, nur um das klarzustellen!

Was also das Thema Jammerlappen angeht, werden sie in diesem Buch sicher fündig werden.
Aber auch was viele andere Themen angeht, die uns den Alltag oft verdrießen, die aber, objektiv betrachtet, meistens bei Weitem nicht so schlimm sind, wie wir sie empfinden!

In diesem Sinne wünsche ich Ihnen viel Spaß bei der Lektüre!

Willkommen im Spiegelsaal!

Herzlichst
Ihr und Euer

Toni Lauerer

Willkommen im Spiegelsaal

I sog zu meiner Frau: „I brauch a Idee für mei neis Buach! Woasst wos Lustigs?"

Sie sagt: „Des is dei Sach!"

Des is typisch! De sagt des immer, wenn i a Problem hob! Damals, wias mir mein Führerschein zwickt ham, weil i 149 km/h anstatt 100 gfohrn bin und i hobs gfragt, ob sie mi in de vier Kfz-losen Wochen zum Stammtisch fohrn daad, hods aa gsagt: „Des is dei Sach!" Dann bini z'Fuaß ganga und hob vor Zorn 9 Weißbier und 3 Bluatwurz trunka! Wia i hoamkemma bin hods gsagt: „Spinnst du? Warum saufst denn du soviel?" Dann hob i gsagt: „Des is mei Sach!"

Des war ein Triumph für mi – vor lauter Freid hob i unmittelbar drauf gspiem. Des Aufwischen war dann logischerweis aa mei Sach, aber des wars wert!

Auf jeden Fall hob i auf mei Frage, ob Sie wos Lustigs woass, keine Antwort kriagt – im Gegenteil: Sie hod mir a Gegenfrage gstellt! Und zwar folgende: „Hostas überhaupt scho trunka?"

I hass des, wenn mir als Antwort a Frage gstellt wird, i hass des wie die Pest! Und dann aa no aso a Frage, wo i null Ahnung hob, um wos dass geht! Hostas überhaupt scho trunka? – wos soll des?

Des is a weibliche Taktik! Solche Fragen werden dir nur gstellt, dass du zum Schluß dostehst wie ein Depp! I woass genau, wia des lafft: I muass jetza logischerweise fragen, wos sie moant mit dem „scho trunka" und dann sagt sie: „Weil du mir nie zuahörst!"

„Wos soll i scho trunka hom?"

„Weil du mir nie zuahörst!"

I hobs gwisst! Ich habe es gewusst! I konn die Frauen lesen wie ein Buch, i hobs durchschaut!

Aber des hilft mir im Moment aa nix, weili immer no ned woass, wos sie moant.

„Jetza sog scho, wos soll i trunka hobn? Um wos geht's denn überhaupt?"

„Des Getränk wega morgen! Du muasst doch heit des Getränk trinka wega morgen!"

Getränk? Heit? Wega morgen? Hm ... i denk nach ... hm ... wos is morgen? Mittwoch! Guat und recht, owa wos hod des mit einem Getränk zum dua? Es is direkt demütigend, owa i muass scho wieder frogn:

„Wos is nacha morgen?"

„Dei Darmspiegelung!"

„Mei wos?"

„Dei Darmspiegelung!"

„Mei Darmspiegelung?"

„Dei Darmspiegelung!"

„Wieso mei Darmspiegelung?"

„Weil i für di an Termin gmacht hob!"

„An Termin? Für mi? Wieso an Termin für mi? Wos geht di mei Darm o?"

„Du bist über 50 und über 50 sollma als Mo a Darmspiegelung macha lassen, zur Vorsorge!"

So ein Schmarrn! I bin lediglich am Papier über 50, ausweismäßig! Aber innerlich bini maximal 25, weil i hob mir mein Lausbuben-charme no bewahrt und mei positive Lebenseinstellung! Also innerlich bini no voll jung!

„Innerlich bini no voll jung", sog i zu meiner Frau, „und der Darm, der is innen! Also is der aa no voll jung!"

„Red koan so an Schmarrn daher! Wennst du über 50 bist, dann is dei Darm aa über 50! Und ned bloß da Darm, andere Teile hamm aa scho Alterserscheinungen! Innere und äußere Teile!"

„Des is jetza nicht das Thema! Und überhaupt: Mein äußeren Teile warn dir scho immer wurscht! Also brauchst jetza aa ned anfanga da-mit!"

„Lenk ned ab vom Thema! Du host morgen a Darmspiegelung und aus! Der Termin is fix!"

„I woass gar ned, wia des geht!"

„Les dir des Merkblatt durch, dann woasstas!"

„Merkblatt? Wos für a Merkblatt?"

Als Antwort kimmt wieder der Klassiker: „Weilst du mir nie zuahörst!"

„Sehr witzig! Wos moanst denn für a Merkblatt?"

„Des Merkblatt, des letzte Woch mit der Post kemma is!"

„Und wo is des?"

„Do wo die Post immer is!"

„Und wo is die Post immer?"

I woass natürlich, wo die Post immer is, aber manchmal hobes scho gschafft, dass i mei Frau durch permanente blöde Fragerei so weit gnervt hob und sie hod aufgebn. Das tut sie heute nicht, im Gegenteil: Sie geht zum Posteinlauf (oh Gott, des unschuldige Wort „Einlauf" kimmt mir plötzlich ganz brutal und schicksalsträchtig vor!), holt mir des Merkblatt und druckts mir in d'Händ. I les den ersten Satz und bin scho nervlich am Ende. Do steht, ohne Vorwarnung: „Die Untersuchung findet rektal statt!" Rektal! I hob im Gymnasium Latein ghabt und war ein eher unterdurchschnittlicher Lateinschüler, owa des woass i no: Wenn do „rektal" steht, dann geht de ganze Sach ausschließlich über den Arsch! I kriag de blanke Panik. Mei Arsch is mei castle, ohne Schmarrn! Do lass i extrem ungern Fremde hi!

I analysier geistig die Schwachstellen meiner Frau … Angst, genau Angst muass ihr macha!

„Is dir des klar, dass do wos passiern konn? Es hod scho Darmspiegelungen gebn, de san schiefganga! Dann stirb i, dann hostas! Dann bin i dir ein Leben lang beleidigt, des schwör i dir!"

„Do stirbst scho ned! Les des Merkblatt aufmerksam durch, dann konn gar nix passiern!"

Hm, also mit der weiblichen Angst wars nix! Dann probierma die Eifersucht, weil do is aa ziemlich anfällig!

„Des woasst scho, dass do junge, hübsche Krankenschwestern voll mein Intimbereich seng. Und mei Arscherl, wo du immer sagst, dass für mei Alter no knackig is! De schaun do ned bloß hi, de schaun eine!" Und wos sagt sie? „Keinen Menschen interessiert dei Arsch!" Des sagt sie! Null Eifersucht! Obwohl sie im täglichen Leben dermaßen eifersüchtig is! I wenn im Bierzelt bloß einer hübschen Frau zufällig 25 Minuten in den Ausschnitt vom Dirndl einschau, dann machts scho a Gsicht! Und wos für oans, zum Fürchtn! Also mei Frau moan i, ned de Hübsche mitm Dirndl! „Gaff ned ständig aaf de Brust!", sagts dann. Und i sog dann: „I gaff ja ned ständig aaf de Brust, i gaff aa aaf de ander, weil des san zwoa!" Des find sie dann gar ned so lustig wia i.

Ok, Eifersucht war aa nix.

Dann hilft alles nix – i brauch fachlich kompetenten Rat in Sachen Darmspiegelungsverhinderung, i geh zum Stammtisch!

Des passt ihr natürlich ned, owa des bin i gwohnt, do muass sie leben damit. Und dera passt mehr ned, neie Schuah zum Beispiel passen ihr fast nie.

An mein Stammtisch is medizinische Fachkompetenz geballt vertreten: 2 Landwirte, 2 Lehrer, 1 Diplom-Frührentner und vor allem der Wirt, weil dem sei Nachbar is rumänischer Internist!
I geh ins Wirtshaus eine, sitz mi an den Stammtisch und taste mich vorsichtig an des peinliche Thema dro. „Männer", sog i, „eine Frage: Wie kimm i einer Darmspiegelung aus?"
Der Wirt sagt: „Hod den Termin dei Alte ausgmacht?"
„Ja natürlich! I mach doch koan so an Schmarrn ned aus!"
„Dann kimmst du dera Darmspiegelung ned aus! Weil wenn dei Alte wos ausmacht, dann is des koa Termin, dann is des Gesetz!"
So ein Aff! Und wos no schlimmer is: Er hod recht!
Also – Stammtisch is aa koa Hilfe im Kampf gegen die Verletzung meiner hinteren Intimsphäre! Vor Zorn bleib i no 4 Weizen lang do. Graucht hob i vorsichtshalber koane, weil i mir denkt hob, dann is bloß morgen a Nebel im Darm, dann segt da Doktor nix. Und gessn hob i aa nix, weil wenn da Darm voll is, des is Scheisse!

De vier Weizen warn ein Fehler! Weil wia i um kurz vor neine in der Nacht hoamkemma bin, is mei Frau scho mit 3 Liter widerlichem Getränk bewaffnet im Wohnzimmer gstandn und hod gsagt: „Des muasst heit no trinka, weil des reinigt den Darm!"
„I hobna scho mit vier Weizen gereinigt!"
„Schmarrn! Trink und aus!"
Des Getränk: Brutal! Farblich, geschmacklich und vo da Konsistenz her zum Grausen! Und kein Schaum drauf! I konn des gar ned genau beschreiben, wia des gschmeckt hod. So in Richtung Pferdeurin mit viel Süßstoff. I hob den ersten Liter owegwürgt und dann bin i mir vorkemma wie ein Bauchredner, aso hods in meine Gedärme rumort.
I bin dann zügig aaf's Klo, weil des Rumoren hodse relativ schnell zu einem Wahnsinnsdruck entwickelt. Des muassmase so vorstelln, als daadma de zwoa Gewürze Nitro und Glyzerin zammmischn.
Wos am Klo passiert is, will i ned näher beschreiben, weil vielleicht essen Sie grad wos.
Auf jeden Fall, wia i um 1,5 Kilo leichter wieder im Wohnzimmer war, hod mei Frau gsagt: „Und jetza füllst den Fragebogen aus!" Und dann hod sie mir an Fragebogen von der Klinik in d'Händ druckt! Mir is spontan a Gag eigfalln und i hob zu ihr gsagt: „Is de Klinik in **Darm-**

stadt?" Owa sie hod ja null Humor, ned amal grinst hods! „Naa, in Straubing!", hods gsagt, emotionslos, eiskalt, ohne Gnade. I schau den Fragebogen o, erste Frage: Sind Sie schwanger? Hob i higschriem „soweit bekannt, nein"! Ja, scho klar, is a Schmarrn, owa i wollt an Gag macha!

Bei der nächsten Frage is mir's Lacha schlagartig verganga: Haben Sie lockere Zähne oder Zahnersatz? Wos??? „Ja kruzenäsn", hob i mir denkt, „wia weit schiabn denn de den Schlauch eine, wenn do meine Zähn no gefährdet san?"

Wenn dir ein Schlauch in den Arsch gsteckt wird und der kimmt zum Mund wieder aussa, des is doch absolut beschissen! I hob dann in meiner Not als Antwort higschriebn „nix Gewisses weiß man nicht" und hob mir denkt, dass besser is, man legt sich in Extremsituationen besser ned definitiv fest.

Nächste Frage: Sind Sie hypertonisch? Des war einfacher, do hobi bloß gschriem „nein, katholisch".

Dann hams no gfragt, ob i a Insuffizienz hob! I und a Insuffizienz! I hob wahrheitsgemäß geantwortet: „Ich trinke gelegentlich ein leichtes Weizen, auch mehrere, wenns passt, aber mit Suff hat das nichts zu tun!"

Kaum war der Fragebogen ausgefüllt und unterschrieben, is mei Frau mit dem zwoatn Liter vo dem perversen Getränk daherkemma.

„Do, trink!"

„I konn nimmer! Mi hods eh scho durchgraamt wie die Sau!"

„Der Stuhl muss klar sein! Des steht aaf dem Merkblatt!"

„Wer muss klar sein? I kenn an klaren Schnaps, owa koan klaren Stuhl!"

„Des Getränk reinigt dein Darm. Und richtig rein is er erst, wenn dei Stuhl klar is!"

„Also des woass i jetza aa ned, i hob ned direkt gschaut grad!"

„Dann trink jetza den Liter und dann schaust!"

„Des is doch ekelhaft, wenn i do hischau!"

„Trink und aus! Und dann schaust! Sonst schau i!"

„Naa, dann liawa i! Schauma amal!"

I trink den zwoatn Liter gesüssten Pferdeurin und bereits drei Minuten später bin i wieder de unangenehme Mischung „halb Bauchredner, halb Luftballon". I renn im Galopp ins Klo, entleere mich und schau – also, klar is wos anders, de Sach is relativ unklar, mehr in Richtung Gulaschsuppn.

„Es herrscht keine Klarheit!", sog i zu meiner Frau, „mir is no einiges unklar!"

„Dann trink den dritten Liter aa glei, dann wird's scho!"

„I glaub, dann muass i speim!"

„So schnell speibtma ned! Trink!"

Man möcht nicht glauben, dass die an sich schöne Tätigkeit „trinken" dermaßen abstossend sei konn. Des Wort war bei mir bisher total positiv besetzt! Trinken, des hoasst Stammtisch, Volksfest, Schafkopf, guade Laune, befreiendes Biesln, Frauen, de mit jeder Mass schöner wern!

Und jetza? Jetza hoasst trinken für mi Würgereiz und erzwungene Notdurft und unklare Verhältnisse!

I press im Schweisse meines Angesichts den letzten Liter owe und speibe nicht und bin stolz aaf mei Selbstbeherrschung. Im hinteren Bereich is mei Selbstbeherrschung total im Arsch und i renn wieder aaf's Klo. Und siehe da: Der dritte Liter war der entscheidende! Der hod für Klarheit gesorgt – aus der Gulaschsuppe is a schöne klare Brühe wordn! Ganz stolz hob i gsagt zu meiner Frau: „Ich bin klein, mein Darm ist rein!" Owa ned amal über den netten Gag hods glacht. „Jetza lengma uns nieder, weil morgen miassma fit sei!", hods gsagt.

Die folgende Nacht war erfüllt von wiederholtem spontanem Erwachen und darauffolgender weiterer Klarheit.

Beim Frühstück wars aso, dass sie gfrühstückt hod und i zuagschaut. I hob nicht „guat Moang" zu ihr gsagt, weil i war beleidigt, weil sie den Termin für mi ausgmacht hod, ohne Grund und ohne Sinn!

Nach einer letzten Sitzung samma ab nach Straubing. Sie hod mitgmiasst, weil es hod ghoassn, bei der Darmspiegelung wirdma leicht narkotisiert und dann derfma 24 Stund ned Auto fahrn, weil da fahrtma wie ein Depp. I kenn einige, de fahrn ohne Narkose genau aso!

Ungefähr 20 Kilometer vor Straubing hod sich bei mir eine dringende Tätigkeit im Rektalbereich angekündigt. Die Dringlichkeit is innerhalb von Minuten rasant gstiegn.

„Du, halt o, i muass, mi zreissts!"

„Spinnst du? Mitten aaf da Landstraß? Schau dir den Verkehr o, do segt di doch a jeder!"

„Owa mi zreissts glei! I hob einen Druck drauf, wia wenn i drei Kilo frischs Sauerkraut gessn hätt und als Dessert a Pfund Kirschen! Des is echt darmatisch, äh, dramatisch!"

„In guat zehn Minuten samma in da Klinik, reiss di zamm!"

„Aaf dei Verantwortung", hob i gsagt, „los wenns geht, i konns nimmer stoppen! Dann kinnma den Beifahrersitz verbrenna, des sog i dir!" „Reiß di zamm!"

I hobs tatsächlich no gschafft und schweissüberströmt (gottseidank ned scheissüberströmt) bini im vorsichtigen Laufschritt eine ins Krankenhaus und owe zur Darmabteilung. De Darme, Entschuldigung, die Dame an der Rezeption hod freindlich griasst, owa i hob gsagt, für sowos hob i jetza koa Zeit, weils pressiert. In Extremsituationen is Höflichkeit sekundär.

I bin flott in Richtung Klo grennt und hob im Renna scho mein Gürtel aafgmacht, dass koa Zeit verlorn geht. Dann kimmt mir a Bekannter entgegen und sagt: „Ja hawedere Done, wos duast denn du do? Du host fei dei Hosn off!" I hob bloß no gschrian „aus der Bahn" und bin eine ins Klo. Es war ein göttliches Gefühl! Neba mir hod aa oaner Erleichterungslaute von sich gebn. Hob i gfragt: „Aa a Patient? Heit Darmspiegelung?" Sagt er: „Naa, a Doktor! Gestern Kohlrabi!"

Des war mir dann aa wurscht, i hob kurz no mein Stuhl ogschaut, der war sonnenklar und dann bin i locker und laar zruck zur Rezeption.

„Wie geht's, Herr Lauerer?", hod de Dame am Empfang gsagt. I wollt an Gag macha und hob gsagt: „Alles klar!" Des hods ned kapiert und hod gsagt: „Wenn Sie mir bitte den ausgefüllten Fragebogen geben, Sie werden gleich abgeholt!"

I gib ihr den mehr schlecht als recht ausgefüllten Fragebogen und mei Frau sagt, sie lasst mi jetza alloa, sie fahrt in d'Stadt zum shoppen und in knapp zwoa Stund, wenn i fertig bin, dann kimmts wieder!

„Ok", hob i gsagt, „wennst als Witwe zruckkimmst, dann bist selber schuld! Hättst den Termin ned ausgmacht!"

Sie ignoriert mei Todesangst komplett und fragt mi, ob i wenigstens a gscheide Unterhosn anhab und i sag, sie soll schaun, dass weidakimmt! Weil wenns um des nackte Überleben geht, spielt die Qualität der Unterhosn aa koa Rolle mehr! Ein Dessous beeindruckt einen Doktor, der sei Leben lang bloß Ärsche segt, gwiss ned!

Dann kimmt a Assistent in blauer Foltertracht und holt mi ab in den Spiegelsaal oder wia der rektale Raum hoasst. Am Gang werden uns gespiegelte Menschen auf fahrbaren Betten entgegengschobn, alle regungslos. I sog zum Assistenten: „Rein statistisch kannt i ja dann der erste sei, der heit überlebt!"

Er kapiert den Gag nicht und sagt, das de alle bloß sediert san, ned exitus. Ja guat, wenn i den ganzen Dog bloß in fremde Ärsche schaun daad, hätt i wahrscheinlich aa koan Humor mehr!

Im Spiegelsaal san a Haffa Instrumente und mir fallt komischerweise ein weiterer Gag ei:

Mit Musikinstrumenten blasen sie dir den Marsch, mit diesen Instrumenten den Arsch! Ein Brüller! Den muass i mir merka für mei neis Buch!

Der Doktor is aa scho do, ebenfalls im blauen Metzgergwand und sagt „Grüß Gott, Herr Lauerer!"

I sog: „I hoff, i triff eam ned nach dera Spiegelung! Aber wennen triff, dann grüßen vo Eahna!"

Er lacht – wenigstens der hod an Humor. Eine weibliche Assistentin is anwesend, peinlicherweise a junge bildsaubere. „Habts koa ältere greisliche?", sog i leise zum Doktor, „ de waar mir in dera Situation liaba!"

Er sagt, de hod heit frei. Shit!

Dann sagt die hübsche junge Assistentin, dass i in de Türe Nr. 2 eine geh soll, do is a Raum, do soll i mi dann ganz frei machen und de grüne Hose anziehen, die da drin bereitliegt. I geh eine, mach mi ganz frei und ziag de grüne Hosn o. De Hosn is voll peinlich, man sieht praktisch den kompletten Intimbereich. I geh relativ verklemmt ausse, alle lachen.

„I konn aa nix dafür !", sog i, „de Hosn is echt a Katastrophe, völlig unerotisch und man segt alles!"

„Es geht nicht um des", sagt da Doktor, „aber Sie ham de Hose verkehrt an! Die Öffnung sollte hinten sein!"

Schlagartig fallt mir des Wort „rektal" wieder ei und i geh wieder in mei Kammerl Nr. 2 und drah de blöde Hosn um.

Dann kimm i aussa und man sagt, i soll mi seitlich auf eine Liege legen. I leg mi hi, ein sanfter Lufthauch waht über mein Hintern und relativ nahe an der rückwärtigen Körperöffnung steht de hübsche Assistentin. Mir passt des gar ned, owa du host in dem Moment keine Chance.

„Und des duat echt ned weh, Herr Doktor?"

„Echt nicht!", sagt da Doktor, „machen Sie sich keine Sorgen!"

„Sie reden Eahna leicht, Sie ham Eahna Hosentürl vorn!"

„Sie kriegen jetzt ein Spritze und dann wird Ihnen wohlig warm", sagt er.

Er gibt mir de Spritzn, wir redma über des letzte Bayernspiel und tatsächlich: Mir wird echt warm!

Plötzlich kimmt mei Frau daher.

„Wos isn los?", frag i, „du wolltst doch zum Shoppen! Host ebba den Autoschlüssel vergessen? Glei geht's los, de Spiegelung, mir is scho ganz warm!"

„Wos redst denn du für an Schmarrn daher?", sagts, „i war doch beim Shoppen, fast zwoa Stund! De Spiegelung is längst vorbei! Der Doktor hod grad mit mir gred, alles in bester Ordnung!"

I konn bloß oans sogn: Des is ein Super-Gefühl! Probiernses aus! Alles Guade dabei!

Sprachbegabung

Sepp: Jetza hobes wieder glesn: In Asien san de Kinder gscheiter wia bei uns! Des hams wissenschaftlich erforscht, do hams aso a Studie gmacht!

Kare: Do brauch i koa Studie, weil des is doch sonnenklar, dass de gscheiter san! Scho von der Sprachbegabung her! Chinesisch zum Beispiel is eine wahnsinnig schwaare Sprache! Und trotzdem kinnens in Asien Millionen perfekt! Und bei uns? Bloß vereinzelt amal oaner.

Sepp: I kenn gar koan, der Chinesisch konn!

Kare: Also, des is da Beweis! Der Asiat is intelligenter!

Süsse Glätte

Sie: Du Alfons, draußen is dermaßen glatt! I kimm grad vom Eikaffa, des is ein Eisregen – Wahnsinn! Unsere zwoa Stufen vor der Haustür – direkt lebensgefährlich! Dua a Streusalz hi, sunst passiert no wos!

Er: Mir hamm koa Streusalz dahoam, i muass erst oans kaffa. Wer rechnet denn Ende November scho mit an Eisregen!

Sie: Dann nimm derweil aus da Küch' a Salz. Für de zwoa Stufen langt des scho!

Er: Moanst?

Sie: Ja, moane! Jetza geh, bevor wos passiert!

Er: Ja guat, dann nimm i halt a Speisesalz.

10 Minuten später

Sie: Schau amal ausse, ob des Eis auf de Stufen scho weg is!

Er: Des miassert scho weg sei. Wart, i schau glei! *Geht hinaus.*

Sie: *Ruft hinaus:* Und? Is des Eis scho weg?

Er: *Ruft hinein:* Weg is no ned, owa siass is! I hob nämlich den Zucker derwischt!

Wecker weg

Sepp:	Mensch Kare, warum kimmst denn du dermaßen spät in d'Arbeit?
Kare:	I hob mein Wecker ned ghört! I hob heit ums Verrecka mein Wecker ned ghört! Keinen Ton! I hob dodal verpennt!
Sepp:	Ned ghört? Ja, is er hi oder wos? Hod er einen technischen Defekt?
Kare:	Naa, er is aaf Kur wega einem Bandscheibendefekt!

Kurz und bündig

Kare:	De Sprache hodse fei gegenüber früher gewaltig geändert!
Sepp:	Wia moanst jetza des?
Kare:	Von der Sprache her, also rein sprachlich.
Sepp:	Ja scho, owa konkret?
Kare:	Alles is kürzer, man sagt nimmer soviel!
Sepp:	Nimmer?
Kare:	Naa! Schau her, früher hodma gsagt: „Im Briefkasten nachschaun, ob a Post kemma is" – heitzudogs sagtma „Mails checken"! Des i deutlich kürzer!
Sepp:	Des stimmt! Es is aa vom Essen her alles kürzer! Früher hodma gsagt: „Freilein, i kriag a Leberkaassemmel mit viel Senf, derf ruhig a scharfer sei, und bittschön mit an Essiggurkerl drin!" Und heitzudogs? Heitzudogs sagtma: „Döner mit alles und mit scharf, Chef!"
Kare:	Bei de Schimpfwörter is gleich bliebn. Do hodma früher Volldepp gsagt und heit hoassts Vollpfosten. Des war früher bloß oa Wort und is heit aa no bloß oans!
Sepp:	Oder Hanswurscht, oder Knallkopf! Des war immer scho bloß oa Wort. An Deppen brauchst ned lang erklärn, weil des is und bleibt a Depp!
Kare:	Stimmt! De brutalsten Abkürzungen hodma ja in der heitigen Zeit im Freizeitverhalten! Früher hodma gsagt: „In der Disco im Eck sitzen mit sein Weißbier und bläd

schaun und sich ärgern, weil nix geht mit de Weiber, weilma ausschaut wia d'Sau und weilma dodal verklemmt is."
Heitzudogs sagtma do „chillen"!

Lottoträume

Kare: Sepp, da Lottojackpot is jetza scho bei 20 Millionen Euro!
Sepp: Ja mi leckst! 20 Millionen Euro! Wosma do alles kaffa
          kannt! 20 000 Radln zum Beispiel!
Kare: Oder 500 scheene Autos!
Sepp: Oder 50 Häuser!
Kare: Oder 20 Villen!
Sepp: Oder oan Haxn von an Spitzenfußballer!
Kare: An linken! Da rechte waar deierer!

Maler Herbst

Kare: Also der Herbst is fei scho de schönste Jahreszeit! De Far-
          ben san einmalig! Rot, Gelb, Braun, Ocker, wunderbar! I
          bin gestern spaziern ganga und hob mir spontan denkt:
          „Der Herbst is a Maler!
Sepp: Blau host vergessn!
Kare: Blau?
Sepp: Ja, blau! I bin gestern spaziern ganga, mittendrin bine aus-
          grutscht aaf dem Laub, dem roten, dem gelben, dem brau-
          nen und dem ockern! Und dann hods mir den linken
          Knöchel verdraht und heit is er leuchtend blau. Do hob i
          mir spontan denkt: „Der Herbst is a Depp!"

Auf zu neuen Ufern

Kare: Sepp, i bin so stolz, dasse's durchzogn hob! Lang hods dauert, owa gestern wars soweit! I hobs durchzogn! I bin dermaßen stolz!

Sepp: Ha? Wos nacha? Wos host denn durchzogn?

Kare: I hob mir denkt: „I bin jetza 54 Johr olt, und es is höchste Zeit, dass i in mein Leben wos ändere. Allaweil der gleiche Trott, jeden Dog derselbe Schmarrn, Tag für Tag, Woch für Woch, Monat für Monat! Kare, so geht's nimmer weider!", hob i mir denkt. „Jetzt oder nie! I krempl mei Leben um, ein für allemal, komplett!" Und gestern wars soweit, i hobs durchzogn! Alle hamms gschaut, alle!

Sepp: Ja, um Gottes Willen! Bist auszogn dahoam oder wos? Oder host dei Frau davoghaut? Jetza machst mir fei direkt a weng Angst! Is wos in der Beziehung?

Kare: Naa, in der Beziehung ned. Es is was jobmäßiges, es hod mit mein Job wos zum dua!

Sepp: Host kündigt? Ned, oder? Du host doch ned kündigt, oder? Du spinnst doch ned, oder?

Kare: Naa, kündigt hob i ned, viel krasser! I hob jetza seit 30 Jahren jeden Dog um neine zur Brotzeit a Semmel gessn mit an roten Leberkaas. Und gestern hob i des erste Mal an weißen gnumma! Weil irgendwann is Schluß!

Sicher vor Peinlichkeit

Sepp: Kare, woasst, wos i gestern gmacht hob? Des erratst du nicht, wos i gestern gmacht hob!

Kare: Wahrscheinlich host gschnauft, weil sunst waarst derstickt!

Sepp: Sehr witzig! Naa, i hob alte Fotos eigscannt! De speichere dann aaf an Stick, dass für d'Nachwelt erhalten bleim.

Kare: Wos nacha für Fotos? Kommunion? Firmung?

Sepp: Des aa! Aber vor allem Jugendfotos aus de 70er Jahre! Du, de Kleidung damals – unmöglich! De Schlaghosen, nur peinlich! Unten dodal weit und oben dodal eng! Do hodse a jedes Schamhaar abgezeichnet, wennma ehrlich is! Mir hamm ausgschaut wie die Deppen, ohne Schmarrn! Peinlich bis dort hinaus!

Kare: Do hob i Glück ghabt! I hob nie aso a peinliche Schlaghosn anghabt und drum hob i nie so peinlich ausgschaut. Weil mir hod aso a Hosn ned passt mit meine 182 Kilo!

Jojo-Effekt

Kare: So, erster Oktober! Schee langsam geht's Richtung Winter!
Sepp: Hör mir aaf mit dem Winter! Mi regst des scho seit Jahren aaf!
Kare: Da Winter an sich?
Sepp: Da Winter an sich ned! Da Winter an sich is mir wurscht! Owa da Jojo-Effekt regt mi aaf!
Kare: Da Jojo-Effekt? Wos für a Jojo-Effekt?
Sepp: Gwichtsmassig! Du, i nimm jeds Johr im Summer 10 Kilo ab und im Winter nimm i dann 12 Kilo zua. Des is furchtbar mit dem Jojo-Effekt!
Kare: Des glaub i! Weil des summiertse!
Sepp: Genau! Des is ja des! Owa heier is Schluß damit, des garantier i dir!
Kare: Echt? Nimmst heier im Winter koane 12 Kilo zua?
Sepp: Des scho. Owa heier is kein Jojo-Effekt, weil i im Summer ned abgnumma hob!

Jugendträume

Kare: Mei, wennma aso zruckdenkt an die Jugend! Wosma do für Zukunftsträume ghabt hod! Und wos is draus worn?
Sepp: Also i konn mi ned beschwern! I wollt allaweil, dass i mindestens 60 Johr olt werd, und schau her, jetza bines! Und leben dua i allaweil no. Also mei Jugendtraum hodse erfüllt!
Erwin: Meiner eigentlich aa. I wollt allaweil, dass i amal a Siegertyp werd. Dass i vorn steh bei der Siegerehrung und dass

i fotografiert werd und dass in der Zeitung steht, dass i da Sieger bin! Und schau her, i hob inzwischen scho dreimal den Preisschafkopf gwunga und zwoamal d' Weihnachtstombola vom Schützenverein. Und jedesmal war a Foto vo mir in da Zeitung! Also mei Jugendtraum hodse aa erfüllt! I bin ein Siegertyp!

Kare: Naja, im weitesten Sinne hodse mei Jugendtraum aa erfüllt, also im weitesten Sinne.

Sepp: Im weitesten Sinne? Wia moanst jetza des?

Kare: Weil i hob mir allaweil a scheene Frau gwünscht und a schwaars Auto. Kriagt hob i beides, bloß umkehrt!

Andeutung

Kare: Zefix! Jetza is scho wieder da 16. Dezember und i hob no koa Weihnachtsgschenk für mei Frau! Jedes Johr des Gleiche! Schuld is sie, weil sie sagt mir nicht, wos sie will! I hob keinen Anhaltspunkt, i stocher geschenkmäßig praktisch im Nebel, quasi. Dann kaaf i notgedrungen irgendwos, dann passts ihr wieder ned. Es is a Kreiz!

Sepp: Do hob i heier Glück ghabt! De mei hod mir a eindeutige Andeutung gmacht!

Kare: Duslbauer! Wos hods denn gsagt?

Sepp: Sie hod gsagt, entweder will sie wos kloans schmuckes für die Finger oder glei wos großes, repräsentatives fürn Hals. Jetza muass i mi bloß no entscheiden, ob ihr Handschuah kaaf oder an Schal!

Halloweenmuffel

Kare: Heit aaf d'Nacht is wieder des Halloween! Der Schmarrn der!

Sepp: Omei! Des neimodische Zeig! Früher san um de Zeit bloß immer d'Reservisten kemma und hamm für d'Kriegsgräber gsammelt. Do wolltn zwar aa wos, owa de hamm we-

Kare:	nigstens ned so greislich ausgschaut, überwiegend. Des stimmt! Owa mei, wos willst macha! Du konnst den Lauf der Zeit ned aufhaltn! Mir san auf jeden Fall vorbereitet dahoam, hilft ja nix.
Sepp:	Habts Süßigkeiten besorgt?
Kare:	Spinnst du? I bin doch ned bläd und kaaf wos für die minderjährigen Erpresser! Naa, mir hamm alle Rollo owalassn, unser Haus wird kriegsmäßig verdunkelt, mei Schwager leiht mir sein geistesgstörtn Hund und an d'Haustürglocken kimmt a Schild mit reflektierender Leuchtschrift: „Klingel defekt, nicht läuten! Lebensgefahr durch Stromschlag!"

Missratener Neffe

Sepp:	Mei Neffe hod mir heit erzählt, dass eam in da Schul ghaut hamm! Also ned irgendwelche Schläger, sondern Klassenkameraden.
Kare:	Sowos brutals! Fehlt eam wos? Is er verletzt, der orme Bua?
Sepp:	Naa, verletzt is er ned. Sie hamm eam lediglich ghaut, verletzt hamms eam ned.
Kare:	Trotzdem find i des brutal! Mit wos eam denn ghaut?
Sepp:	Also, aso wia i mein Neffen kenn: Mit Recht!

Hollywood

Sepp:	Also de Amerikaner – ganz sauber sans ned!
Kare:	Waschn se de ned o?
Sepp:	Schmarrn! Naa, i moan, vom Verhalten her. I hob jetza glesn, dass in Hollywood Fitnessstudios für Tiere gibt! Für Tiere! Stell dir des vor! Des is doch krank is des! A Fitnessstudio für a Viech! A Viech is doch eh den ganzn Dog in Bewegung, des braucht doch koa Fitnessstudio!
Kare:	Sog des ned! In Hollywood giltst du nur wos, wenn du an perfekten Body host, aa als Viech! A wamperter Hund oder

Sepp:	a untrainierter Goldfisch, den mog do koaner.
Sepp:	Des is doch ned dei Ernst, oder?
Kare:	Freilich! I konn mir des durchaus vorstelln: Do bringst du einen zaundürren Koderer hi, dann wird der trainiert und nach vier Wochen host du einen drum Muskelkater!

Gentleman

Sepp:	Gestern sitz i im Wartezimmer vom Zahnarzt ...
Kare:	Oleck! Wars schlimm?
Sepp:	Im Wartezimmer eigentlich no ned. Später bei der Behandlung dann scho eher. Auf jeden Fall, i sitz im Wartezimmer und les notgedrungen a Frauenzeitschrift, weil koa andere mehr frei war.
Kare:	Ach du Schreck!
Sepp:	Ja mei! Den Focus hod a anderer ghabt und den Spiegel hod a dumms Kind ogschaut.
Kare:	Des hass i: Ned bis drei zähln kinna, owa den Spiegel blockiern!
Sepp:	Genau! Aaf jeden Fall les i in dera Frauenzeitschrift ...
Kare:	Wos wars denn für oane?
Sepp:	Des is momentan sekundär, i woaß aa nimmer. Das goldene Käseblatt oder die Freizeitfrau oder die hormonelle Helga oder so ähnlich, is ja wurscht. Jedenfalls les i do, dass eines der häufigsten Streitthemen in Beziehungen des Fernsehprogramm is. Weil die Frau ned immer des seng will, wos da Mo seng will, und umkehrt. I woass ja des aus eigener Erfahrung: Pilcher und Fußball – der ewige abendliche Gegensatz!
Kare:	Also do gibt's bei uns keine Probleme!
Sepp:	Echt?
Kare:	Null! Mei Frau derf immer des oschaun, wos sie oschaun mog! Do gibt's keine Diskussion, do hob i ihr no nie dreigred oder gar umgschalt!
Sepp:	Hut ab! Du bist ein echter Gentleman! Und wos schauts nacha o?
Kare:	Des woass doch i ned, i bin ja abends nie dahoam!

25

Badetag

Kare: Stell dir vor: Mei Wei will a neis Bad! Mittndrin will de a neis Bad!

Sepp: Warum nacha des? Is des alte hi?

Kare: Naa, d' Fliesen gfalln ihr nimmer.

Sepp: Omei! I wenn zruck denk an mei Kindheit – mir ham überhaupt koa Bad ned ghabt! A Bad! A Bad hamm seinerzeit bloß de Großkopferten ghabt! Bei uns is am Samstag aaf d' Nacht da Boiler ogschürt worn, dann is in da Stubn de silberne Zinkbadewann aufgstellt worn und dann is bad' worn. Z'erst da Voda, dann d'Muada, dann mei großer Bruada, dann i. Alle im gleichen Wasser! Wia i dran war, war des scho relativ milchig!

Kare: Ja pfui Deifl! Hod dir do ned graust?

Sepp: Mir ned, owa meiner kloan Schwester! Weil nach mir is d'Oma drokema, dann der Hund und dann sie!

Bläser und Säger

Sepp: Also mei Nachbar is unmöglich! Der hodse an Laubbläser kafft, weil der im Angebot war, sagta.

Kare: Ja und? Wega dem is er doch ned unmöglich! I daad mir eventuell aa an Laubbläser kaffa, wenn er im Angebot waar. Eventuell!

Sepp: Owa der blast so laut! Des is da Wahnsinn! Und da Nachbar, der is dermaßen rücksichtslos! Letzdings hod er um holwe oans am Miattag voll blasn, owa voll! Mittag um holwe oans! Weil i hob dann scho umsgschrian zu eam: „Muaß jetza des sei mit dera Blaserei? Mittag um 12 Uhr 30! De Blätter liegn um 14 Uhr aa no do!

Kare: Und? Wos hoda gsagt?

Sepp: Nix!

Kare: Nix? Gar nix?

Sepp: I schatz, der hod mi gar ned verstanden, weil mei Kreissäg' z'laut war!

Die neue Brille

Frl. Scharf:	Guten Morgen, Herr Kollege!
Herr Müller:	Guad Moang, Freilein Scharf!
Frl. Scharf:	Was schauns denn so, Herr Müller?
Herr Müller:	Also nix für unguat, Freilein Scharf, owa i muass Eahna wos sogn.
Frl. Scharf:	Ah geh! Was müssens mir denn sagen?
Herr Müller:	Nehmens mirs bitte ned übel, wenn i des jetzt einfach aso sog, owa mit dera neia Brilln schauns fei echt beschissen aus! Also ohne Schmarrn! Jetza kenn i Sie scho Jahre, owa mit dera neia Brilln, also wirklich, da schauns gar nimmer guad aus!
Frl. Scharf:	Aber ich hab doch gar keine neue Brille!
Herr Müller:	Owa i!

Chinafan

Onkel:	No, Jan Ole? Alles klar bei dir?
Jan-Ole:	Geht scho, Onkel Heinz!
Onkel:	Und in da Schul? Gfallts dir?
Jan-Ole:	Noja, eigentlich ned so direkt. Also, eigentlich gar ned!
Onkel:	Ned?
Jan-Ole:	Naa! Des Schulgeh is echt voll kacke!
Onkel:	No geh! So schlimm wird's doch ned sei, oder? So schlimm is doch ned!
Jan-Ole:	Doch, es is scho so schlimm!
Onkel:	Owa a Lieblingsfach wirst doch hobn, oder? Wos isn dei Lieblingsfach?
Jan-Ole:	Chinesisch!
Onkel:	Chinesisch? Ihr habts doch in da zwoatn Klass ned Chinesisch!
Jan-Ole:	Eben!

Wählerwerbung

Kare:	Jetza vor da Landtagswahl liegt wieder alle Dog a andere Wahlwerbung im Briefkasten. I wirfs allaweil glei weg.
Sepp:	Des derfst ned macha! Des is doch undemokratisch!
Kare:	Des is ned undemokratisch, des is Altpapier!
Sepp:	Naa, aso derfst des ned seng! Des is manchmal direkt interessant! Mei Schwiegermuada hod von an Landtagskandidaten an Briaf kriagt, des muass a Versehen gwesn sei. Der hod ihr gschriem, dass sie als Erstwähler a ganz a besondere Verantwortung hod und dass er sie bittet, zur Wahl zu geh und eam zu wähln. Hä, mei Schwiegermuada is 83 Johr olt! Und do kriagt sie an Brief als Erstwähler! Owa des war wahrscheinlich a Verwechslung. D'Tochter vo mein Nachbarn, de hoasst aa Marianne Huber, genau aso wia mei Schwiegermuada. Wahrscheinlich hamms bloß d'Hausnummer verwechselt.
Kare:	Oder da Kandidat hod den falschen Briaf verwendet.
Sepp:	Den falschen Briaf?
Kare:	Ja! Vielleicht wollt er tatsächlich deiner Schwiegermuada schreim. Owa ned als Erstwähler, sondern als Letztwähler!

Alte Knacker (Teil 1)

Es is ja ned einfach, dass einem Menschen so mirnix dirnix lustige Ideen für ein neies Buch eifalln.

Und dahoam is des umso schwieriger, weil man oft gstört wird. Insbesondere, wenn man mit einer Frau verheirat is, eventuell sogar mit der eigenen!

Drum hob i mir denkt: „Gehst zum Stammtisch! Weil do is eine Gaudi und do stört niemand die Lustigkeit, weil koa Frau ned anwesend is!" Ok, d' Bedienung, owa de is ja in dem Sinn koa Frau, sondern mehr a Bestandteil vom Wirtshaus. Und sie lenkt uns ned ab, besser gsagt, sie lenkt uns nimmer ab. Früher, do hods uns scho abglenkt, weil früher, da war sie ein Leckerbissen! A Schmankerl auf guat bayerisch!

Wenn i ehrlich bin, des Reserl war früher eigentlich da Hauptgrund, warum mir zum Stammtisch ganga san! Außer vielleicht no's Bier, owa des hod ja aa des Reserl bracht! Und wenn sich des Reserl aaf dein Oberschenkel gsetzt hod, do is dir des Herz aufganga – und manchmal ned bloß des Herz!

Aber: Das Reserl ist inzwischen eine Res! Wennma gehässig war, könntma sogn: „Der Name hat sich halbiert, der Mensch verdoppelt!"
De is im Laufe der Jahre dermaßen stabil wordn, eigentlich scho direkt wampert! Und wenn sich de aaf dein Schoß setzt, also eine Gaudi is des nimmer oder gar a Genuss! Da geht dir nix mehr aaf! Letzdings hod de Res, geb. Reserl Geburtstag ghabt und aus Versehen 6 Blutwurz trunka. Dann hod sie sich in einem Anflug vo Begierde beim Erwin aaf den Oberschenkel gsetzt: Dem Erwin sei Oberschenkel war drei Dog taub! Des warn direkt Durchblutungsstörungen, weil eam de Res mit ihrem Gwicht de Venen quasi quetscht hod!

Aber egal, mir geht's ja ned um d' Res, sondern um meine Stammtischkameraden!
I sitz mi hi und wart aaf a Gaudi, aaf Ideen für mei neis Buach. Und wos kimmt? Eine Gaudi? Von wegen – eine Jammerei kimmt, eine oanzige Jammerei! Des war erschütternd! Lauter alte Knacker, alle über 50, außer mir! Also am Papier bini aa über 50, owa innerlich, also von der Einstellung her, vom Feeling, bin i maximal 25!
Des is erschütternd für einen jungen Menschen wia mi, wennst dir des ohörn muasst!

Früher is bei uns am Stammtisch alle fünf Minuten des Wort „Prost" gfalln, jetza fallt alle drei Minuten des Wort „Prostata"! I mog des Wort ned hörn, des belastet mi psychisch!

Früher, wenn oana gsagt hod „bei mir sticht Eichel", dann host du gwusst, dass der Mann Schafkopf spielt! Heit wenn oaner des sagt, dann hod er an Termin beim Urologen!

„Jedes Auge zählt!", hams früher beim Schafkopf gsagt; jetzta wenns des sogn, dann geht's ums Lasern, weils de Kontaktlinsen ned vertragn und weils vo de Brilln a Druckekzem aaf da Nosn kriagn!

Da Erwin is a ganz a frustrierendes Beispiel! Der hod früher ständig über sei neie Freindin gred, heit red er über sei neis Knie! Des interessiert keine Sau, owa der Jammerlappen red drüber. Guat, den Hans interessierts scho, weil der hod a neie Hüftn! Dann diskutierns, nach dem Motto „ich und mein Ersatzteil!" Deprimierend! Früher wennma über Ersatzteile gred hamm, dann war des da Frontspoiler vom VW Scirocco oder da Fuchsschwanz vom Moped, owa ned irgend ein Titanglenk!

Bei manchen geht's scho mit de Zähn' los! I kann des Wort „Implantate" echt nimmer hörn! Implantate, Implantate, dauernd Implantate! Kruzenäsn! Neulich hod da Rudi zum Wirt gsagt, de Pommes kann er grad no beißen, owa den Zwiebelrostbraten kannt er püriert besser genießen wega sein Provisorium! Püriert! An Zwiebelrostbraten! Des grenzt an Gotteslästerung! Do muass ein Rind sterben, und dann lasst der des Fleisch püriern! Des arme Viech! Des is grad aso, als daadst dir a Blutwurzschorle bstelln!

I hob aaf jeden Fall gsagt: „Rudi, häng di aaf! Häng di aaf, weil i konn des Elend nimmer mit oschaun!" Und zum Wirt hob i gsagt: „Schorsch, des oane sog i dir: Bevor do herin ein pürierter Zwiebelrostbraten serviert wird, wechsle i mei Stammwirtshaus!"

Überhaupt, weil i grad beim Rudi bin:
Da Rudi und da Kare, de san früher gemeinsam aaf Mallorca, auf Menorca, aaf Kreta! Und durt hamms alles aafs Kreiz glegt, wos dawischt hamm!

Wissens, wo de jetza san? Jetza sans ned gemeinsam aaf Mallorca, sondern aaf Reha! Und hammse selber aafs Kreiz glegt – zum Massiern! Und massiern duats a Mo, weil wenns a Frau massiert, dann is da Bluatdruck z'hoch! Do hams aso a graue Manschettn, mit dera messens

den Bluatdruck! Alle vier Stund! Und wia den Kare eine junge attrak-
tive Masseurin massiert hod, hätts eam beinah sei Manschettn zrissn,
aso hods eam den Bluatdruck affeghaut!

Es is alles ein Wahnsinn! Wos is aus meine Freind wordn? I bin da
oanzige, der no wirklich lebt!
Aa von der Ernährung her is des Dasein meiner Stammtischkumpel
total frustrierend! Wia de alten Manner!
Mensch Meier, früher hamma alle aaf d' Nacht um zehne an Schweins-
haxn gessn! Alle! De Krustn, de hod kracht und des Fett is dir über deine Lefzen owagrunna, des war ein Bild für Götter! Mir ham ned bloß
gfressn wia d'Sau, mir ham aa ausgschaut wia d'Sau! Des hod direkt an
erotischen Touch ghabt, so orgienmäßig, obwohls ohne Weiber war!
Und jetza? Wos essens jetza, de Mumien über 50?
An Salat essens! Mit Putenstreifen! Mit Honig-Senf-Soße! Weil a Jo-
ghurt-Soße geht ned, wega da Laktoseunverträglichkeit! Der Manfred,
der kriagt scho Magenbrummen, bloß wenn er an einer Kuah vorbei-
geht, weil do a Milch drin is!
Der bereits oben erwähnte Rudi isst bloß no Suppen, weil eam jede feste Nahrung sei Provisorium aus da Goschn reißt, weil er demnächst
zwoa Implantate oben rechts kriagt!
Geh leck mi doch alles am Arsch!
Des mit dem Rudi seine Zähn' is sowieso da Wahnsinn! Dem seine Implantate kosten ein Schweinegeld! Du muasst du doch verzweifeln,
wenn du bewusst drüber nachdenkst, dass ein Zahn mehr kost wia deine sämtlichen Winterreifen!

Des mit dem Essen, des geht no schlimmer! Also ned bei mir, i bin ja
innerlich erst 25, owa bei de andern! Furchtbar!
Früher, do hamma in da Pizzeria Spagetti rabiata bstellt, mit extra Chil-
li! Do hods uns den Dampf vo de Ohrn aussaghaut. Do wennst danach
a Bier trunka host, des hod direkt zischt! A Mass aaf Ex war die Norm,
weil de Spagetti warn echt rabiat! Übrigens auch am nächsten Dog aaf
da andern Körperseite, backstage quasi!
Aaf jeden Fall warn mir unlängst im italienischen Spezialitätenlokal
„Taverna zum Doblinger". Dann fragt da Hans, obs de Currywurscht
mit Pommes mit Putenwiener macha kanntn! Weil er hod an sensiblen
Magen!

„Hans", hob i gsagt, „Hans! Du host koan sensiblen Magen, du host an Vogl!"

Oder da Erwin: Der isst seit Wochen bloß Hühnerbrühe! Bloß weil er a Magengschwür hod! Des hod doch heitzudogs fast a jeder! Do brauch i doch ned glei ernährungstechnisch Amok laffa!

I hob gsagt: „Erwin, du bist direkt a tragische Figur! Hühnerbrühe, muss das sein! Früher host du de Hühner untern Rock gschaut, jetza frisstas! Mich als innerlich jungen Menschen frustriert des!"

Des war dem völlig wurscht, der hod stoisch sei Suppn weidaglöfflt! Der is innerlich fertig, der is genussunfähig, der lebt bloß no aaf's Sterbn hi! Finito! Den Erwin kannst du abhaken!

Vom Kare mog i gar nix sogn!

Mit dem hod irgendwer a kulinarische Gehirnwäsche gmacht! Der is seit vier Monat Vegetarier! Ve-ge-ta-ri-er! Da Kare!

Des is unglaublich! Der hod amal an Wieneresswettbewerb gwunna, weil er innerhalb vo 15 Minuten 12 Paar Wiener packt hod – ohne spontanes Speim, später hoda dann scho gspiem! Und da Kare is jetza Vegetarier! Akkrat er, da Wieneressking! „Aus Liebe zu den Tieren iss i bloß no Salat und Früchte", sagt er! Weil i gsagt hob: „Kare, aso ein Schmarrn! Wer die Tiere liebt, der frisst eana ned des Futter weg!" Owa des kapiert der nimmer, dem hod de Mangelernährung scho zuviel Gehirnzellen ausgedörrt!

Vom Essen her des Allerschlimmste hod neilich da Erwin verursacht. Und ich behaupte: Vorsätzlich! Der Sachverhalt war folgender:

I bstell mir eine Currywurscht (eine echte, ned mit Putenwiener!) mit Pommes und mit extra viel Ketchup, weil i des mog, wenn de Wurscht regelrecht in der roten Soss schwimmt. De Currywurscht kimmt, i nimm des Besteck und gfreimi gemeinsam mit mein Mogn aaf ein Geschmackserlebnis. In diesem Moment sagt da Erwin in die Stille eine: „Mei Wei hod seit acht Wocha koa Menstruation mehr!" Als waar des eine Information für die Öffentlichkeit! Sowos intimes!

I schau de rote Lacka in mein Teller o und leg spontan des Besteck weg. Anstatt dass er des eklige Thema wechselt, fragt da Kare no nach beim Erwin: „A geh? War des plötzlich, oder is des langsam versickert?"

„Kare", hob i gsagt, „Kare, tu das Thema ned vertiefen! I iss eine Currywurscht mit viel Ketchup! Do is so ein Thema fehl am Platz!"

Owa da Erwin war hochmotiviert, uns des ganze Drama des verschwundenen Blutes im Detail zu erläutern:

„Z'erst hods drei, vier Monat unmotiviert gschwitzt in da Nacht, außentemperaturunabhängig, dann war 's Bluat weg! Also ned komplett weg, in de Krampfadern hods no jede Menge! Owa woasst scho, des alle vier Wocha war, des Blutungsbluat, des is weg!"

„Schorsch", hob i gsagt zum Wirt, „Schorsch, packmas ei de Wurscht und de Pommes! I hob a schlagartige Appetitlosigkeit! Den Ketchup brauchst ned eipacka! Der is eh ned gsund wega dem Zucker!"

Es ist nicht zum glauben, wia ältere Männer werdn kinna! Zombies! Mit denen is kein normales Gespräch mehr möglich! Über Fußball, über Frauen, über Sex! Do wenn du als innerlich 25-jähriger durthockst, do drahst du durch! Des is psychisch eine Wahnsinnsbelastung!

Überhaupt, des Thema Sex! Es is unvorstellbar, wia sich aaf dem Gebiet meine Stammtischkameraden verändert hamm! Un-vor-stell-bar!

Owa über des schreib i dann im Teil 2 vo de alten Knacker.
I muass mi zerst beruhigen, weil mi des aso aafregt als jungen Menschen.

Nicht schlecht

Der Preiß redet – der Bayer denkt!

Ein ebenso böswilliges wie falsches Vorurteil!

Kein Vorurteil ist es aber, dass Bayern und Preußen die Wörter, die uns in der deutschen Sprache in großer Fülle und Vielfalt zur Verfügung stehen, sehr unterschiedlich nutzen. Dem minimalistischen Bayern genügen wenige, einfache und eindeutige Wörter, um Lebenssituationen zu beschreiben, Gefühle zu äußern, Sachverhalte kritisch oder lobend zu begutachten oder Heiratsanträge zu machen („Magst oder magst ned? I migert scho!"). Blumen und sonstiger Tand sind bei wahrer Liebe sowieso überflüssig!

Spaß beiseite – so richtig bewusst ist mir der sprachliche Unterschied zwischen uns Bayern, insbesondere uns Altbayern, und unseren gern gesehenen Freunden aus Norddeutschland erst vor kurzem wieder geworden.

Nach einem Kabarettauftritt im Raum Straubing kam ein Mann zu mir und richtete an mich in etwa folgende Worte (ich habe seine Aussagen zum besseren Verständnis mit Satzzeichen versehen, obwohl seine Redegeschwindigkeit keinerlei Punkt oder Komma erkennen ließ):

„Also Herr Lauerer, ich hoffe, ich störe Sie jetzt nicht, aber es ist mir ein Anliegen, Ihnen zu sagen, obwohl ich das normalerweise nicht tue, also Ihnen zu sagen, dass mir Ihr Programm sehr gut gefallen hat, die sprachlichen Probleme waren weitaus geringer als ich erwartet habe, ich habe jede Ihrer köstlichen Pointen verstanden, also wirklich, zum Brüllen komisch, besonders das mit der Darmspiegelung, ich hatte auch mal eine, ist gar nicht so schlimm, wie man meint, und wenn es vorbei ist, ist man beruhigt, aber auch Ihre anderen Geschichten, einfach köstlich, machen Sie weiter so, vielleicht kurz zu meiner Person, Sie müssen ja wissen, mit wem Sie es zu tun haben, normal quatsche ich Künstler nicht einfach an, aber ich dachte, ein positives Feedback kann ja nicht schaden, oder, also mein Name ist Kurz, wie Lang, haha, ich stamme nicht aus Bayern, wie Sie vielleicht hören, ich komme ursprünglich aus der Gegend von Berlin, aber ich bin beruflich, ich war bei der Bahn, wissen Sie, ich bin dann beruflich, damals noch bei der Deutschen Bundesbahn, jetzt ist es ja eine AG, es war früher viel gemütlicher bei der Bahn, das ist ein Druck heute, mich wundern die Burnout-Fälle nicht, aber das ist ein abendfüllendes Thema, beruflich bin ich dann in Bayern gelandet, habe Land und Leute gleich gemocht, Ihr seid aber auch ein sympathisches Völkchen, naja, und wie es halt so ist, man ist ja aus Fleisch und Blut, langer Rede kurzer Sinn, ich habe mich in eine fesche Niederbayerin verliebt, die Sonja, aber der Name tut nichts zur Sache, auf jeden Fall war Sie sehr fesch, 'Holz vorda Hüttn' wie Sie sagen, hahaha, wir haben geheiratet, man baut sich ein Häuschen, wir haben drei Kinder, alle anständig, aber schon aus dem Haus, der Älteste ist auch bei der Bahn, im Innendienst ..."

Ich unterbrach ihn kurz, weil ich Angst hatte, er könnte wegen des Redeschwalls keine Luft mehr bekommen.

„Aha!", sagte ich, „vielen D ..."

Er ließ mir keine Chance, einen ganzen Satz loszuwerden, denn er hatte für mich noch viele wichtige Infos auf Lager:

„Und jetzt, ich bin ja schon Pensionist, man sieht es mir nicht an, gell, ja, man tut sein Bestes, ich rauche nicht und trinke nur mäßig, ich bin schon etwas früher in Pension gegangen, sind zwar ein paar Euro weniger, ungefähr 6 Prozent Abzug, aber egal, Freizeit hat auch einen Wert, unbezahlbar, wenn man ehrlich ist, jetzt gönne ich mir halt sooft ich kann, einen kulturellen Genuss, normalerweise ist meine Gattin dabei, die Sonja hätte Sie bestimmt gerne kennengelernt, aber sie hat ein neues Knie bekommen, das linke, sie ist auf Reha in Bad Füssing, darum bin ich alleine hier, das ist bei uns die Ausnahme, aber egal, wissen Sie, ich bin zwar schon vierzig Jahre hier in Niederbayern, aber die Sprache hier, nicht einfach, ich spreche sie nicht, aber ich verstehe sie und darum habe ich mir gedacht, hörst dir mal diesen Toni Lauerer an, der soll ja ganz gut sein mit seinem Kabarett und was soll ich sagen, es war sehr schön, ich habe zwar nicht jedes einzelne Wort verstanden, zum Beispiel „gaach" ...

Wieder wollte ich ihn vor dem Kollaps retten: „Gaach, des bedeutet soviel wie zuviel oder wie ..."

Er ließ mir erneut keine Chance, den Satz fertig zu sprechen:

„Aaaah ja, danke, aber den Sinn Ihrer Sätze habe ich schon verstanden, also wirklich sehr sehr lustig, so richtig aus dem Leben, Ihre Geschichten, Kompliment, fahren Sie noch nach Hause oder bleiben Sie über Nacht?"

Ich erschrak förmlich, weil er plötzlich eine von mir nicht vermutete Pause machte und eine Antwort erwartete. Erst nach kurzem Zögern sagte ich: „Äh … i fohr no hoam, weil …"

„Na, dann will ich Sie nicht aufhalten"; fuhr er ungebremst fort, „denn wie sagen Sie hier in Niederbayern so schön: Daho-am is daho-am, kommen Sie gut nach Hause, ich ruf dann jetzt meine Frau an, ich hab ein Handy dabei, I-Phone, naja, man geht mit der Zeit,und dann frage ich sie, wie es dem neuen Knie geht, darf ich Ihr einen schönen Gruß von Ihnen bestellen, das würde sie sicher freuen, sie heißt Sonja, aber das habe ich ja schon erwähnt, sie hat alle Bücher von Ihnen, ach es war wirklich ein schöner Abend, selten so gelacht, Sie sind mir schon einer, ich glaube, hier in Niederbayern sagt man Bazi oder so, haha-ha!"

Gerade wollte er gehen, als der Hausmeister der Veranstaltungshalle zu uns stieß, um noch etwas aufzuräumen. Dieser war im Gegensatz zu meinem Gesprächspartner ein Hiesiger. Der Mensch aus Norddeutschland mit dem Glück, um nicht zu sagen mit der Gnade eines bayerischen Wohnsitzes sprach ihn an:
„Na, guter Mann, Sie haben ja den Herrn Lauerer auch gehört! Was sagen Sie zu seinem Bühnenprogramm?"
Die beinahe überschwängliche Antwort des Hausmeisters lautete:
„Nicht schlecht!"
Damit war die Analyse meines dreistündigen Auftritts aus Sicht des Hausmeisters beendet.

Mir genügten diese zwei Worte, um stolz und glücklich nach Hause zu fahren.

Dummer Bub

Vater:	Ja kruzenäsn, Florian, jetza host in da Chemieschulaufgab scho wieder an Fünfer! Des derf doch ned wahr sei! Oan Fünfer nach dem andern! Und allaweil in Chemie!
Flori:	Ja mei!
Vater:	Ja mei, ja mei! Des is aa koa Lösung, bloß allaweil ja mei! Des konn doch ned so schwierig sei, des Chemiezeig! Des san doch bloß Formeln! Lerns halt, dann woasstas! Kennst du di denn mit de Formeln überhaupt ned aus?
Flori:	Bei alle Formeln ned. Bei oaner Formel kenn i mi super aus, owa de is bis jetza ned drokemma.
Vater:	Wos is nacha des für a Formel?
Flori:	Formel 1!

Zu peinlich

Kare:	I kimm momentan kaam mehr rund, soviel bini unterwegs!
Sepp:	A geh! Warum?
Kare:	Wega der Vorweihnachtszeit! I klapper alle Gschäfta ab. I kaaf d'Wurscht 50-Gramm-weis, dass i in alle Metzgereien kimm und überall a Weihnachtsgschenk kriag. Bei de Bäckereien is des Gleiche: D'Semmeln kaaf i bei dem, d'Brezn beim andern und mei Brot beim ganz andern. Und überall kriag i a Gschenk! Und d'Halstablettn kaaf i in oaner Apothekn und's Aspirin in da andern. Do kriag i dann aa zwoamal wos!
Sepp:	Des is ned dei Ernst, oder?
Kare:	Doch!
Sepp:	Ja sag amal! Des is doch superpeinlich! Vor Weihnachten rennst du echt in jeds Gschäft, bloß dass du a Gschenk kriagst! Also ehrlich, sowos daad i niemals! Des is doch dermaßen peinlich! Des macht bei uns mei Frau!

Wahlempfehlung

Kare:	Du derfst heitzudogs in da Politik einfach koan Fehler ned macha! Kaum machst du den kloansten Fehler, bist scho da Blamierte!
Sepp:	Wia kimmst jetza aaf des?
Kare:	Mei Cousin, da Leitl Franz, der kandidiert in Oberbayern in ana kloana Gemeinde zum Burgermoasta.
Sepp:	Ja und? Des is doch koa Fehler ned!
Kare:	Des ned! Owa er hod letzte Woch a Werbeinserat in da Zeitung ghabt. A scheens Bildl vo eam und drunter is folgender Text gstandn: **BITTE WÄHLEN SIE MICH!** Ihr Franz Leitl. Des ganze Dorf lacht drüber! So eine Blamasch!
Sepp:	Ja, warum denn? Des is doch a ganz a normale Werbeanzeige!
Kare:	Eben nicht! Weil da Gegenkandidat vo mein Cousin hoasst Mich!

Positives Denken

Kare:	Omei!
Sepp:	Wos omei? Wos jammerst denn scho wieder?
Kare:	Weils wahr is! D' Zeitung wennst aufschlagst, dann vergehts dir scho! Gestern hob i glesn, dass der Klimawandel schneller voranschreitet wia erwartet. De Erderwärmung und des ganze Zeig. D' Gletscher schmelzen, da Meeresspiegel steigt, des wird no katastrophal!
Sepp:	Do host recht! Katastrophal!
Erwin:	Jaja! Und de demokratische Entwicklung!
Sepp:	De demografische moanst, oder?
Erwin:	Ja genau, de! D' Leit wern immer älter. Irgendwann gibts in Deitschland bloß no Rentner! Wer soll denn des zahln?
Sepp:	Und weltpolitisch woassma aa ned, wias weidageht! Überall de Radikalen! Dann da Russ! Da Chinäs! Und da ganz Ander in Nordkorea! Unberechenbar! Dann de ganzn kor-

	rupten Hundskrippln, de an de Macht kemman! In Afrika, in Südamerika, im Ausland!
Rudi:	Also wissts wos? Ihr seids richtige Miesmacher! Ihr lests allaweil bloß de negativen Meldungen in da Zeitung! So schlimm is doch aa wieder ned, de Gesamtlage!
Erwin:	De is scho schlimm! Vor allem, wenn i de Folgen vom dem bedenk, wos heit no in da Zeitung gstandn is! A Hammer!
Rudi:	Wos nacha für a Hammer?
Erwin:	Heier war a ganz a schlechte Hopfenernte. Wahrscheinlich wird nächsts Jahr 's Bier deierer!
Rudi:	Ja, um Gottes Willn! Des is wirklich a Katastrophe!

Deutliche Verbesserung

Sepp:	Und Kare? Alles klar? Kinder gsund, d' Frau arbeitsfähig?
Kare:	Sehr witzig! Naa, im Ernst: Mei Bua, der is zum bedauern. Der hod dermaßen Probleme mit seiner Haut! Massenhaft Pickel und so Unreinheiten, also brutal!
Sepp:	Oh ja, do host du recht! Er duat mir direkt allaweil leid, wenn i eam seg! Zum Derbarma, der Bua! Wennma ehrlich is, hod der ned Pickel aaf da Haut, sondern a bissl a Haut zwischen de Pickel!
Kare:	Ja, traurig, aber wahr!
Sepp:	Mei, des is de Pubertät! Des is hormonell! Unter de Achseln wachsn d' Hoor und im Gsicht wachsn de Pickel. Bei oan schlimmer und beim andern weniger schlimm. Bei dein Buam allerdings ganz schlimm! Owa do hilft alles nix!
Kare:	Doch! A Schulkameradin vo eam hod eam wos verraten: In an Quark an Honig und an Kiwisaft einerührn und des dann ins Gsicht schmiern. Und des hod er dann gmacht und ob du es glaubst oder ned – des hod echt gholfa! Unglaublich!
Sepp:	Echt jetza?
Kare:	Ohne Schmarrn! Des Gsicht hod innerhalb kürzester Zeit viel besser ausgschaut!

Sepp:	Gratulation!
Kare:	Owa nach drei Stund wars vorbei, weil do hod er den Quark wieder abgwaschen, dann hodma sei Gsicht wieder gseng!

Flohmarkt 1

Kare:	Am Sonntag war i des erste Mal aaf an Flohmarkt. Weils allaweil hoasst, do is so interessant.
Sepp:	Und?
Kare:	I hob an eigenen Stand aafbaut! An kloan bloß, owa immerhin!
Sepp:	Do schau her! Is wos ganga?
Kare:	Du, mir is oaner voll am Leim ganga! A kompletter Depp!
Sepp:	Echt? A kompletter Depp?
Kare:	A Volldepp! Man möchts ned glauben, wia bläd dass manche Leit san! Dümmer wie a Pfund Brokkoli!
Sepp:	Erzähl!
Kare:	I hob dem mei Briefmarkensammlung für sage und schreibe 2.000 Euro verkafft! 2.000 Euro! Unfassbar! De is maximal 500 Euro wert! Du, der war so bläd, der hod gar ned verhandelt! Der war mit 2.000 Euro sofort einverstanden! A reinrassiger Depp!
Sepp:	Des gibts ja ned! So bläd war der? Unglaublich, wos für bläde Leit dass gibt aaf dera Welt!
Kare:	Owa ehrlich! Unglaublich!
Sepp:	Und? Wos machst jetza mit dem Geld? 2.000 Euro san a Haffa Holz, do konnma scho wos ofanga damit!
Kare:	Mitm Geld konn i momentan no nix macha, weil er hods mir ned direkt in bar zahlt, sondern er hod mir zwoa Autogrammkartn im Wert vo je 1.000 Euro gebn! Oane vom Freddy Quinn und oane von da Heidi Kabel.

Flohmarkt 2

Rudi:	Und Erwin, wia wars gestern am Flohmarkt?
Erwin:	20 Euro Umsatz!
Rudi:	20 Euro? Naja, immerhin! Besser wia nix! Wos host nacha verkafft?
Erwin:	Nix, 20 Euro war die Platzmiete!

Gutes Foto

Kare:	Du Sepp, i kandidier doch fürn Stadtrat!
Sepp:	Jaja, hobs scho glesn. Wirst jetza a Politiker?
Kare:	Warum ned! Sepp, i brauchert an Tipp vo dir!
Sepp:	An Tipp?
Kare:	Ja, fotomäßig. Und zwar wega mein Foto fürn Flyer. Wos moanst, wo i besser ausschau: Soll i a Foto nehma vorm Rathaus, woasst scho, so politisch-seriös? Oder soll i oans nehma vor mein Gartenteich, mehr so familiär-leger? Wo schau i besser aus?
Sepp:	Also wennst wirklich guat ausschaun willst, dann nimmst am besten koa Foto vorm Rathaus und aa koa Foto vor dein Gartenteich, sondern a Foto vor 20 Jahrn!

Migration

Oma:	Du Martin, jetza muasst mir amal wos erklärn! Weil du bist a gscheida Bursch, du host studiert, du kannst des wissen.
Enkel:	Wos magst denn wissen, Oma?
Oma:	Am Fernseh hob i in letzter Zeit öfter wos ghört vo „Migranten". I hob zerst immer verstanden „Ministranten", owa des hoasst tatsächlich „Migranten".
Enkel:	*Lacht.* Ja genau, Oma, des hoasst Migranten. Mit Ministranten hod des nix zum dua!

41

Oma:	Wos is nacha des? I kenn Hydranten, owa wos san Migranten?
Enkel:	Oma, des is ganz einfach: Des san Menschen, de vo dahoam abhaun, weils bei denen dahoam ned schee is und weils do ned bleibn wolln. Und de keman dann zu uns, weils bei uns viel scheena is und weilma do viel mehr verdient wia bei denen dahoam! Und weil bei uns d'Leit freindlicher san wia bei denen dahoam!
Oma:	Achso! **Des** san Migranten! Jaja, de kenn i scho! Do hodma früher „Preißn" gsagt!

Zäher Start

Kare:	Und Sepp? Wia gehts dir mit deiner Abnehmerei? Du host di doch an Silvester gwogn und dann host gsagt, dass jetza Schluß is und dass du des Johr zehn Kilo abnimmst.
Sepp:	Genau! Des war mei Neijahrsvorsatz! Zehn Kilo abnehma!
Kare:	Und heit hamma den 16. März. Wia schauts aus? Wiaviel Kilo fehln dir no aaf zehn Kilo Gewichtsverlust?
Sepp:	13!

Männergespräche

Sepp:	D' Bundeswehr hod no koan gschad!
Kare:	No koan!
Erwin:	Die Bundeswehr is eine Schule für das Leben!
Rudi:	Mir hamma zwar koan Krieg erlebt, owa wenn, dann waarma vorbereitet gwesn!
Sepp:	Total! Waffenmäßig hätt i mi voll auskennt! I zerleg dir heit no a Gwehr und innerhalb von zehn Minuten baues wieder zamm! Des lafft bei mir instinktiv, routinemäßig, direkt reflexartig!
Erwin:	Des kannt a Zivi nie!

Sepp:	A Zivi? Des kannst du vergessen! Der kannts ja ned amal auseinanderbaun, geschweige denn zamm!
Kare:	Und man konn sich bei der Bundeswehr wos fürs Zivilleben aneignen: I zum Beispiel hob mir die Härte angeeignet dass i vier Dog ohne Duschen durchhalt! Des macht mir nix aus! Heit no ned!
Sepp:	Und i hob mir eine Freundschaft zu zwoa Kameraden angeeignet, de heit no halt!
Erwin:	Und i hob mir in der Kantine de Bedienung angeeignet und habs dann gheirat und i habs heit no!
Kare:	Rudi, host du dir aa wos angeeignet bei da Bundeswehr?
Rudi:	No freilich! 18 Kilo Übergwicht – de hob i heit no!

Lustige Einlagen

Sepp:	Der Fasching is ein Schmarrn! I hass des, wenn i auf Befehl lustig sei soll!
Kare:	Du, i aa! I bins ja ned amal ohne Befehl! Dann mit Befehl scho zwoamal ned! Do kannt ja jeder kemma! I bin lustig, wann i will! Und i will selten!
Sepp:	Owa manche san do wie die Irren! De praktiziern den Fasching wia Weihnachten oder wia an Betriebsausflug!
Kare:	Lauter Deppen!
Sepp:	Owa ehrlich! Da Rudi, des is so oaner! Der is ja da Klassiker, wos des betrifft! Der wird im Fasching dermaßen kindisch, lächerlich! Peinlich direkt!
Kare:	Echt?
Sepp:	Wennes dir sog! Hamma beim Schützenverein Kappenabend ghabt. Und aaf da Einladung hods ghoassn: „Mitzubringen sind Hunger, Durst und gute Laune! Masken erwünscht! Die Vorstandschaft ist für jede Einlage dankbar!" Und wos bringt da Rudi mit? Übertreibts glei wieder maßlos und bringt glei zwoa Einlagen mit! A Slipeinlage vo seiner Frau und de Plattfuasseinlage für seine Schuah!

Termine, Termine, Termine

Wie jetzt? War's das schon wieder? Nicht, oder?

Wie schon öfter hat mich erneut eine Zeitung gebeten, einen ironischen Jahresrückblick zu schreiben. Er sollte die Leser zum Schmunzeln, aber auch zum Nachdenken anregen.

Ich war momentan schockiert: Schon wieder ein Jahresrückblick? Wieso? Ich hab doch erst einen geschrieben! Ist das schon wieder ein Jahr her? Gibt's doch gar nicht!

Obwohl, jetzt fällt es mir wieder ein: In den letzten Tagen wünschen mir verdächtig viele Leute alles Gute im neuen Jahr!

Schön und gut, aber wo ist das alte? Wo ist dieses Jahr hingekommen? War das wirklich ein ganzes Jahr? Das war doch kein ganzes Jahr! Unmöglich!

Wir hier im Bayerischen Wald teilen ja das Jahr in zwei Hälften ein: Die kühle Hälfte und die kalte! Dass die kalte Hälfte leider etwas größer ist als die kühle, stört uns nicht, wir sind hart im Nehmen. Genauso wie es primitive Zeitgenossen nicht stört, das Leben eines Mannes in zwei Abschnitte einzuteilen, den tragischen und den sehr tragischen. Ersterer liegt vor der Hochzeit, zweiterer nach ihr! Da ich nicht primitiv bin, würde ich so etwas weder sagen noch schreiben – niemals!

Aber schlechter Witz beiseite: Die Geschwindigkeit, mit der ein Jahr vergeht, erschreckt mich schon ein wenig, eigentlich nicht ein wenig, sondern ziemlich! Wobei es geradezu paradox ist, dass die Zeit, die wir die „staade" nennen, die rasanteste ist.

Als mich also wieder einmal eine Zeitung gebeten hatte, einen Jahresrückblick zu verfassen und als ich endgültig, wenn auch widerwillig, akzeptiert hatte, dass das alte Jahr tatsächlich im Sterben lag, habe ich mich hingesetzt und das gemacht, was ich immer mache, wenn ich beginne, etwas zu schreiben: Fluchen, weil mir nix einfällt!

Gottseidank habe ich einen Terminkalender, wo ich alles aufschreibe. Ich habe einmal gelesen, das liegt an meinem Sternzeichen. Ich bin Jungfrau und die, so hieß es in dem Büchlein „So ist die Jungfrau", schreiben akribisch alles auf, weil sie pedantisch und ordnungsliebend sind und alles schwarz auf weiß haben wollen. Allein daran sieht man, dass das Buch ein Schmarrn ist – ich und ordnungsliebend! Lächerlich! Ich liebe vieles und viele, aber eine bestimmt nicht: Die Ordnung!

Jedenfalls schnappte ich mir meinen Terminkalender, um nachzuforschen, wohin das alte Jahr verschwunden war. Und da stand es, schwarz bzw. blau auf weiß: Es ist versickert auf Nimmerwiedersehen in

a) 4 Arztbesuchen (keine Angst, nichts Ernstes; nur 3 Checks auf Anraten bzw. Befehl meiner Frau und ein leichtes Unwohlsein nach einem zu üppigen Schlachtschüsselessen)

b) 2 Zahnarztbesuchen (1 Check auf Befehl Frau, 1 Ecke vom Schneidezahn abgebrochen wegen Fremdkörper in Leberkässemmel, vermutlich Schweinezahn! Fast schon lustig, weil Zahn Zahn geschädigt hat!)

c) 1 Hautarztbesuch (nichts Ekliges, nur ein beim Rasieren blutendes und deshalb störendes Muttermal entfernt)

d) 17 privaten Terminen, wo man essen musste und trinken und nicht rülpsen durfte, was nicht gesund ist (der Chinese sagt nicht zu Unrecht: „Del Tod sitzt im Dalm!")

e) 9 politischen Terminen (Umstände siehe unter d)

f) 47 kabarettistischen Auftritten, wo man böse Wörter sagen darf und niemand schimpft und man kriegt noch Geld dafür – eigentlich ein Traum;

g) 150 Arbeitstagen im Standesamt (ja, ich bin immer noch Standesbeamter, weil man muss ja auch was Vernünftiges machen im Leben wie z.B. Heiraten bzw. Andere bei diesem schweren Gang begleiten;

h) 72 Kartenspielabenden, davon 61 mit negativer Zahlungsbilanz (was dazu führt, dass man des öfteren hört, dass es großen Spaß macht, mit mir Karten zu spielen)

Das war's!
Das war's? Das soll also mein Jahr gewesen sein? 302 Termine? Sonst nix? Ja, um Gottes Willen!

Und wann habe ich dann eigentlich gelebt? Also, so richtig gelebt, meine ich: Wellness, Chilling, Easy Going, Fun, Relaxing, Kanapeelying? Wann?

Verzweiflung machte sich breit in meinem Gehirn oder wo immer auch die Gefühle eines Menschen beheimatet sind.

Ich habe mir in dieser psychisch kritischen Phase meiner Überlegungen fachmännischen Rat geholt und bin zum Stammtisch gegangen. Dort sitzt zwar kein Psychologe oder gar Psychiater, aber Männer mit Lebenserfahrung, abgehärtet durch das Stahlbad der Ehe.

„Männer", habe ich gesagt, „Männer, ich habe ein Jahr meines Lebens glatt vergeudet! Völlig sinnlos vergeudet. Wisst ihr, was mein Jahr war? 302 Termine, sonst nix! Ich könnte verzweifeln! Männer, ich bin 54! 54!!! Wie viele Jahre bleiben mir noch? Statistisch 24! Wenn ich Nikotin, Alkohol, Kalorien, Frauen und sonstige lebenswerte Sachen meide, vielleicht 25! Und in so einer Situation habe ich ein Jahr verplempert! In Wirtshäusern, Versammlungsräumen, auf Bühnen, im Standesamt und in Wartezimmern von Ärzten! Ich bin doch blöd, oder? Ich bin so ein Arsch! Oder? Blöder geht's doch nicht?"

Und dann haben meine Freunde – und mir wurde wieder bewusst, wie wichtig Freunde sind – folgendes gesagt:

„Waren denn die Auftritte vor deinen Fans nicht schön für dich?"

„Doch", antwortete ich, fast ein wenig kleinlaut, doch! Ich liebe mein Publikum, es macht so eine Freude, Menschen zum Lachen zu bringen! Ich habe viele interessante Typen kennengelernt, ich bin in schönen Orten in ganz Bayern gewesen und immer gesund heimgekommen! Also was meine 47 Auftrittstermine betrifft, die waren nicht vergeudet, die waren eigentlich schon schön!"

„Eben", sagten meine Freunde, „eben! Und die Kartenspielabende? Hatten wir nicht oft eine Riesengaudi?"

„Ihr schon", meinte ich, „weil ich meistens verloren habe! Aber trotzdem, ihr habt schon recht, es war immer recht zünftig! Eine gute Brotzeit, einige Bierchen und wunderbar hirnrissige Kommentare! Was haben wir oft gelacht!"

„Genau!", sagten sie, „genau! Und die Arbeit im Standesamt? Hat die keinen Spaß gemacht?"

„Und wie! Ich habe tolle Kolleginnen und Kollegen! Wir halten zusammen wie Pech und Schwefel! Ich gehe unheimlich gerne in die Arbeit!"

Und dann hatte ich es begriffen, ohne dass sie weiter fragen mussten: Die Tage, die Abende, an denen ich mit Familie, mit Freunden, mit politischen Weggefährten, mit Kollegen zusammen war, waren fast ausnahmslos wunderschön! Wir haben uns Geschichten erzählt, wir haben Probleme besprochen, wir haben gelacht, diskutiert, gegessen und getrunken! Keine Stunde, keine Minute davon möchte ich missen! Die Arztbesuche sind alle so ausgegangen, dass ich mir keine Sorgen machen muss. Das ist leider nicht bei jedem der Fall gewesen im abgelaufenen Jahr. Immer öfter muss man im Bekanntenkreis die Erfahrung machen, dass Gesundheit nicht selbstverständlich und dass das Leben nicht unendlich ist, leider!

Also, liebe Leser: Kein Jahr, das man gelebt hat, ist vergeudet – kein Monat, kein Tag, keine Stunde und keine Minute! Kein Termin, und wenn es noch so viele waren.

Unser irdisches Dasein besteht nun mal aus Terminen: Die Zeugung ist der erste, der Tod ist der letzte.

Dazwischen liegen abertausende, die in ihrer Gesamtheit das sind, was wir unser Leben nennen. Und es ist ein schönes Leben! Für uns in Deutschland mit seinem Wohlstand, seinen stabilen politischen Verhältnissen und seinen herrlichen Landschaften allemal!

Genießen wir es, dieses Leben, so gut wir können! Jammern wir weniger und danken wir mehr!

Ich wünsche Ihnen und euch allen noch viele zufriedene Jahre und viele schöne Termine!

Es gibt viele Geschäfte. Manche, wie Metzgereien, Süßwarenläden und gastronomische Betriebe sind mir sympathisch, andere wiederum meide ich nach Möglichkeit. Dazu gehören beispielsweise Bekleidungsgeschäfte, sowohl die für Herren, als auch die für Damen. Zum einen, weil mir selten etwas passt, zum anderen, weil es in den Damenabteilungen meist lange dauert und teuer wird. Außerdem bin ich der festen Überzeugung, dass neue Textilien nicht zu den lebenswichtigen Dingen gehören wie z.B. Weißwürste oder hopfenhaltige Getränke. Und was das allerschlimmste ist: In Bekleidungsgeschäften wird man ständig unaufgefordert beraten, obwohl man gar keinen Rat braucht. Denn ich will ja meistens gar nichts kaufen:

I schau bloß

Verkäufer:	Kann ich Ihnen helfen?
Kunde:	Naa, dankschön! I schau bloß!
Verkäufer:	Wir haben soeben die neuen Sommerhosen hereinbekommen!
Kunde:	Aa geh? Owa wia gsagt, i schau bloß.
Verkäufer:	Heuer sind ja wieder mehr die kräftigen Farben en vogue!
Kunde:	Wos sans?
Verkäufer:	En vogue! In Mode! Man hat es heuer wieder bunter!
Kunde:	I hob a schworze, a blaue und a braune. Des langt in d' Haut eine!
Verkäufer:	Ach was! Aber Sie könnten ruhig vom Typ her etwas Kräftiges tragen! Rot, ein sattes Beige …
Kunde:	Naa, nix Kräftigs liawa ned! Kräftig bin i selber. Und wia scho gsagt, i schau bloß!
Verkäufer:	Gerne! Wenn Sie mich brauchen, ich bin rechts hinten bei den Hemden!
Kunde:	Alles klar! I schau no a weng!
Verkäufer:	Aber wenn ich Ihnen helfen kann, dann melden Sie sich bitte!
Kunde:	Jawoll! Wenn wos waar, dann daad i mi rührn!
Verkäufer:	Scheuen Sie sich nicht!
Kunde:	Ja, dankschön!

Verkäufer:	Wie gesagt, Sie finden mich bei den Hemden!
Kunde:	Jaja, hobs scho kapiert! Wahrscheinlich suach i Sie gar ned!
Verkäufer:	Aber wenn, dann wissen Sie, wo Sie mich finden!
Kunde:	Bei de Hemden, gell?
Verkäufer:	Genau!
Kunde:	I woass Bescheid! Danke noml und an scheena Gruass!
Verkäufer:	An wen?
Kunde:	An d'Hemden!
Verkäufer:	*Irritiert:* An die Hemden?
Kunde:	War a Witz!
Verkäufer:	Haha! Köstlich! *Geht in Richtung Hemden.*

Kunde geht unmotiviert zwischen Hosen und Jacken umher. Unvorsichtiger-weise berührt er eine Jacke.

Verkäufer 2:	Brauchen wir eine Jacke?
Kunde:	I brauch koane. Wenn Sie oane braucha: Do hängen jede Menge!
Verkäufer 2:	Ich dachte nur, weil Sie die Jacke so interessiert angesehen haben.
Kunde:	Naa, des täuscht, i schau bloß!
Verkäufer 2:	Die Jacken haben wir erst gestern reinbekommen!
Kunde:	Gestern erst?
Verkäufer 2:	Ja! Die sind modisch topaktuell! Die hat ein aufstrebender ukrainischer Designer entworfen! Exklusiv für uns!
Kunde:	Do schau her! Wos alles gibt!
Verkäufer 2:	Man hat heuer wieder kräftige Farben!
Kunde:	Ja, des hat da Hosenmo aa scho gsagt!
Verkäufer 2:	Wer?
Kunde:	Der Kollege, der wo die Hosen über hat! Der is grad hintn bei de Hemden! Der kaasige dürre!
Verkäufer 2:	Herr Kunlich?
Kunde:	I woass ned, wia der hoasst. Der do hintn halt, bei de Hemden!
Verkäufer 2:	Das ist Herr Kunlich!

Kunde:	Der wars! Der hod gsagt, i kannt mir a rote Hosn erlauben. Also i glaub ned. A rote Hosn! Wia a Kasperl! Und außerdem schau i bloß!
Verkäufer 2:	Das könnten Sie locker tragen! Auch eine rote Jacke würde Ihnen gut stehen!
Kunde:	A rote Hosn und a rote Joppn? Do schauert i ja aus wia oaner vom Malteser Hilfsdienst. Naa, des is nix! I hob a graue Joppn und an schwarzn Mantel für Beerdigungen. Mehr brauch i eigentlich ned!
Verkäufer 2:	Also, verstehen Sie mich bitte nicht falsch, aber das ist schon etwas trist!
Kunde:	Owa es schmutzt kaum! Des is recht dankbar!
Verkäufer 2:	Mag sein, aber Sie sind doch in einem Alter, in dem man sich durchaus noch modisch kleiden kann!
Kunde:	Echt? Ohne Schmarrn?
Verkäufer 2:	Aber sicher doch! Wie alt sind Sie?
Kunde:	54.
Verkäufer 2:	Na sehen Sie! Also diese beige Jacke würde Ihnen gut stehen, wirklich! *Mustert den Kunden von oben bis unten.* Und dazu eine rote Hose! Tres chic!
Kunde:	Wer?
Verkäufer 2:	Ich meine, das würde toll an Ihnen aussehen. Sehr jugendlich, so hipp!
Kunde:	Hipp? Des is doch aso a Babynahrung! Also so jung mog i dann doch nimmer ausschaun!
Verkäufer 2:	Köstlicher Witz! Hahaha! Nein, glauben Sie mir, bunt würde Ihnen stehen!
Kunde:	Owa schau i dann ned eher aus wia a Papagei?
Verkäufer 2:	Gott bewahre, nein! Eine Frage: Sind Sie verheiratet?
Kunde:	Es hat sich ned vermeiden lassen!
Verkäufer 2:	Hahaha! Sehr lustig!
Kunde:	Manchmal scho, ned immer!
Verkäufer 2:	Wie bitte?
Kunde:	Des Verheiratetsei! Immer is des ned lustig, eigentlich selten.
Verkäufer 2:	Jaja, man hat halt so seine Probleme mit den Damen!
Kunde:	Mit den Damen weniger, eher mit meiner Frau!
Verkäufer 2:	Und die Gattin begleitet Sie nicht zum Jackenkauf?

Kunde:	I kaaf ja koa Jacke, i schau bloß. Des is ja des: Mei Frau is in da Erotikabteilung und i wart aaf sie.
Verkäufer 2:	Erotikabteilung? Wir haben keine Erotikabteilung!
Kunde:	Do wo 's de BH gibt und des Zeig!
Verkäufer 2:	Ach so! Bei den Dessous!
Kunde:	Ja, durt is. Scho a ganze Weil'. Und wissens, i geh do ned mit, weil des is mir peinlich.
Verkäufer 2:	Das braucht Ihnen doch nicht peinlich zu sein!
Kunde:	De is mir scho peinlich! I geh do nimmer eine! Do hats des letzte Mal direkt an Zwischenfall gem!
Verkäufer 2:	Einen Zwischenfall?
Kunde:	Echt brutal war des! I bin dagstandn wie ein Verbrecher, alle Leit hamm gschaut!
Verkäufer 2:	Um Gottes Willen! Was war denn?
Kunde:	Es war aso: Mei Frau gruscht bei de BH umananda und i hob mir denkt, do halt i Abstand, weil de Gruscherei is nix für mi. Hob i in Ruhe vor de Umkleidekabinen gwart, bis sie fertig is. Dann fragt mi a Verkäuferin, ob sie mir helfa konn. Und i sog: „Naa, i schau bloß!"
Verkäufer 2:	Ja und?
Kunde:	Ja und? Sie, de hod gmoant, i bin a Spanner! Verstehns? I steh vor da Damenumkleidekabine in da Erotikabteilung und sog „i schau bloß"! Des konnma natürlich scho falsch versteh! De Verkäuferin hod gsagt, i soll bitte zügig de Abteilung verlassen, sonst holt sie die Polizei! De hod gmoant, i bin a Saubär! „Die Damen wollen nicht angestarrt werden!", hods gsagt. Mei Frau hods ned mitkriagt, de war total in de BH vertieft!
Verkäufer 2:	Ach du liebe Güte! Sie Armer!
Kunde:	I geh do nimmer eine! Und oans sog Eahna aa: Von wegen „die Damen wollen nicht angestarrt werden"! Des warn keine Damen ned! Oane wamperter wia de ander! Glauben Sie, dass i aso a Blunzn freiwillig anstarre? Nie und nimmer!
Verkäufer 2:	Naja, da kann ich mir jetzt kein Urteil erlauben, ob das Damen waren oder nicht.
Kunde:	Owa i! Und dann, des miassens Eahna vorstelln, dann kafft oane aso an Strick fürn Orsch!

Verkäufer 2:	Wie bitte?
Kunde:	Aso a Bandl, des woma do untn ume so oziagt, so strick-artig. Tango oder wiama do sagt.
Verkäufer 2:	Einen Tanga meinen Sie?
Kunde:	Genau! Zum Grausen! Der arme Tanga! Den sigst du gar ned, weil überall wos drüberhängt!
Verkäufer 2:	Naja, ist ja jetzt auch egal! Auf jeden Fall, wenn Sie eine Frage haben, melden Sie sich einfach!
Kunde:	Alles klar, dankschön! I schau bloß!
Verkäufer 2:	Gerne!

Kunde geht weiter und kommt unbeabsichtigt in die Trachtenabteilung. Er sieht sich, nur um die Zeit totzuschlagen, Lederhosen an.

Verkäufer 3:	*Äußerst dienstbeflissen, sich von hinten dem Kunden nä-hernd:* Tracht ist wieder gesellschaftsfähig!
Kunde:	*Erschrocken:* Äh, i schau bloß!
Verkäufer 3:	Eine Lederhose und ein fescher Janker machen Seppl deutlich schlanker! Haha! Diesen Reim habe ich selbst kreiert!
Kunde:	Der is echt stark!
Verkäufer 3:	Danke! Aber im Ernst: Man trägt wieder Tracht!
Kunde:	Am Oktoberfest rennen d'Japaner umananda wia d'Gar-mischer Schuahplattler!
Verkäufer 3:	Ja, die Tracht ist inzwischen ein Global Player gewor-den!
Kunde:	Sie, i hätt' amal a Frage.
Verkäufer 3:	*Den Kunden musternd:* Moment, lassen Sie mich raten: Sie haben Hosengröße 54!
Kunde:	Stimmt! Owa i hätt' amal a Frage!
Verkäufer 3:	Und Sie haben Jackengröße 56!
Kunde:	Stimmt aa! Wia Sie des wissen!
Verkäufer 3:	Für mich ist jeder Kunde eine Herausforderung! Ich schätze immer vorher seine Konfektionsgröße und ob Sie es glauben oder nicht: Meistens liege ich richtig!
Kunde:	Echt stark! I woass mei Größ meistens selber ned!
Verkäufer 3:	Gell! Und glauben Sie mir, wir finden was Schönes für Sie, ich berate Sie gerne!

Kunde:	I suach scho lang wos!
Verkäufer 3:	Na sehen Sie! Da sind Sie bei mir an der richtigen Adresse! Ich bin schon zwölf Jahre in der Trachtenabteilung, ich kenne die Kollektion wie meine Westentasche!
Kunde:	Des ist guat, weil i hätt' speziell zu der Trachtenabteilung a Frage.
Verkäufer:	Scheuen Sie sich nicht, was möchten Sie wissen?
Kunde:	Habts ihr do a Klo?

Geld rein – Geld raus

Es ist eine Binsenweisheit, aber immer wieder verblüffend: Wenn man es eilig hat, ist garantiert jemand da, der bremst! Das gilt im Straßenverkehr, das gilt im Kaufhaus auf der Rolltreppe und das gilt auch vor dem Pfandflaschenautomaten im Supermarkt. Ich erinnere mich mit Grausen an einen späten Samstagvormittag. Kurz vor 12 brauchte ich noch ein Pfund Tomaten für zuhause, also eigentlich brauchte sie meine Frau, aber ich sollte sie holen. Nach dem uralten steinzeitlichen Ritus: Mann bringt erlegte Nahrung nach Hause, Frau bereitet sie in der heimatlichen Höhle zu. Aber dies nur nebenbei. Ich nahm kein Geld mit, sondern nur zehn Plastikpfandflaschen in der Absicht, die Tomaten aus deren Erlös zu zahlen. Vor dem Pfandrückgabeautomaten standen, wie sollte es auch anders sein, mehrere Personen: Eine vierköpfige Familie, bestehend aus Vater, Mutter, ca. achtjährigem Sohn und ca. vierjähriger Tochter. Und vor dieser idyllischen Familie, unmittelbar am Automaten, ein schlecht rasierter, nach kaltem Rauch und Diesel riechender Mann, unschwer als Fernfahrer aus Südosteuropa zu erkennen. Zwei Dinge irritierten mich: Jedes Mitglied der vierköpfigen Familie hatte eine gigantische Tragetasche mit ca. 20 Plastikflaschen dabei und der bärtige Balkanbewohner hatte im Gegensatz dazu überhaupt nichts dabei, nur einen Euro in der Hand. Für diesen suchte er verzweifelt einen Einwurfschlitz. Er war offensichtlich der irrigen Annahme, dass es sich bei dem Gerät vor ihm um einen Getränkeautomaten handelt und er hatte Durst. Hilfesuchend wandte er sich an mich, da er offenbar und wahrscheinlich zurecht der idyllischen Familie keine technische Kompetenz zumaß. Dies zur Vorgeschichte – und zum besseren Verständnis der nachfolgenden Szene nenne ich den Fernfahrer Stanko, die vierköpfige Familie Vater, Mutter, Sohn und Tochter und mich selber nenne ich Toni.

Stanko:	Weiß ich nix, wo Geld rein bei die Automat!
Toni:	Nix Geld rein, Geld raus!
Stanko:	Geld raus? *Begeistert:* Deutschland gutt! Immer Geld raus! Deutschland särr gutt!
Vater:	*Zu Toni:* Der gute Mann meint, aus dem Automaten käme Geld raus!
Toni:	Jaja, i hobs scho gspannt! I erklärs eam! *Zu Stanko:* Wo du herkommen?
Stanko:	Bulgaria! Sofia! Super!

Toni:	Aha! *Zum Vater:* Er is a Bulgar! Und sei Frau hoasst Sofia und is super! *Zu Stanko:* Und dein Name? Wie du heißen?
Stanko:	Bini Stanko! Fahr mit Truck! Sofia nach Frankfurt an die Main und zurück wieder dann!
Toni:	Aha! Jamei, des is dei Sach, wennst du dei Alte nach Frankfurt mitnimmst! Jetza pass aaf: Kein Geld raus!
Stanko:	*Traurig:* Nix Geld?
Toni:	Nix Geld! Naja, später dann schon Geld, aber nix aus Automat. Es tut so sein, ich dir sagen Beispiel: Du trinken Cola ...
Stanko:	Ich nix trinken Cola. Isse nix gesund für Bauch innen! Trinken Wasser wo still und Kaffee wo stark!
Toni:	In dem Fall das wurscht sein, ob Wasser oder Cola. Hauptsach, aus Plastikflasche! Pass aaf: Du machen gluckgluck mit Wasser, bis Flasche leer sein.
Stanko:	Bis der Flasche leer?
Toni:	Haargenau! Dann du nehmen Flasche und stecken in das Loch. *Zeigt zum Loch im Automaten.*
Stanko:	Aaahh! Dann die Geld kommt raus!
Toni:	Nein, nix Geld kommt raus! So schnell schiassn de Preißn ned!
Stanko:	Wer schießen?
Toni:	Nein, ned schießen, war nur so ein Schmaaz. Es tut nicht leicht sein mit dir! Mirk auf: Du stecken Flasche in Loch, dann du drücken Knopf wo grün *(zeigt auf Knopf)*.
Stanko:	Dann Geld raus!
Toni:	Nein! Tu dir halt derzeit lassen! Geduld haben, irgendwann kommt Geld, aber jetzt noch nicht!
Stanko:	Aber wo Geld und wann?
Toni:	Wenn du grün Knopf drücken, Zettel rauskommen von dem Schlitz unter die Loch!
Stanko:	Zettel? Nix Geld? Zettel nix gut!
Toni:	Von wegen! Zettel schon gut! Zettel besser als du denken! Weil du nehmen Zettel, geben Zettel dickes Frau dort an Kasse, dann dickes Frau dir geben Geld!
Stanko:	Schlitz, Zettel in Loch von dickes Frau? Nix verstehn!
Toni:	Okay, dann soges dir aaf bulgarisch: Schau bloß, dass du weidakimmst und halt ned den ganzen Verkehr aaf!

55

	Wennst du aso LKW fahrst wia du am Pfandautomaten
	bist, dann kimmst du nie aaf Bulgarien, des garantier i dir!
	Und dei Sofia aa ned!
Stanko:	Nix verstehn!
Toni:	Maschin kaputt!
Stanko:	Maschin kaputt?
Toni:	Maschin kaputt!

Stanko verlässt traurig und durstig die Szene.

Vater:	*Zu Mutter:* So, Svenja, jetzt sind wir dran und die Kinder
	mit unseren Flaschen! Endlich!
Sohn:	*Freudig erregt:* Jaaaa!
Tochter:	Ich mag als erste!
Toni:	Eine Frage: Kanntn Sie mi vorlassen? I hob bloß zehn Fla-
	schen und brauch bloß a Pfund Tomaten. I hätts glei. Weil
	Sie hamm ja doch an Haufa Flaschen, wos i do so seh!
Mutter:	Nein! Also hören Sie mal! Wir erziehen unsere Kinder zu
	Rücksicht und Gerechtigkeit! Die würden es nie und nim-
	mer verstehen, wenn Sie jetzt einfach vor ihnen dran wä-
	ren, obwohl wir schon vor Ihnen hier waren!
Tochter:	Mama, ist der Mann böse?
Mutter:	Nein, Alina, er hat nur vergessen, dass wir vor ihm da wa-
	ren. Böse ist er deswegen nicht!
Toni:	Naa, Alete, i bin echt ned böse! I brauch bloß Tomaten!
Mutter:	Alina heißt sie!
Toni:	Aso! Tschuldige Alina!
Sohn:	*Eifrig:* Ich heiße Donald!
Toni:	Gratuliere! Owa ihr hoassts mit Familiennamen ned Duck,
	oder?
Sohn:	Nein, wir heißen Ellbanger-Schlöglmann. Wieso Duck?
Toni:	Ach nix! I hob bloß gmoant! Ellbanger-Schlöglmann is aa
	ned schlecht! *Zur Mutter:* I will mi echt ned vordrängeln!
	Owa wissens, i hobs eilig und ihr habts doch mindestens
	80 Plastikflaschen dabei.
Tochter.	*Stolz:* 91!
Sohn:	Und elf Dosen!
Toni:	Super! Also, dann fangts o, dassma firte wern!

Mutter:	Alina, du zuerst! Weil du bist die Jüngste.
Sohn:	*Schluchzend:* Wieso Alina?
Toni:	Weils de Jüngste is! Hör halt deiner Muada zua, wenns wos sagt! Also Alina, auf geht's! Packmas!

Alina weint, weil sie mangels Körpergröße bereits die erste Flasche nicht in das dafür vorgesehene Loch bringt.

Toni:	*Zum Vater:* De is zu kloa! De kimmt ned aufe zum Loch! Koa Chance!
Sohn:	*Grinsend:* Ällabätsch! Alina ist zu klei-hein! Ich bin größer! Hihi!
Tochter:	*Heftiger schluchzend:* Donald ist gemein! Donald soll ruhig sein!
Toni:	Genau! Donald, zefix, dua dei Schwester ned verarschen! De konn ja aa nix dafür, dass aso a Zwerg is!
Tochter:	*Nun weinend:* Ich bin kein Zwerg! Mami, bin ich ein Zwerg?
Mutter:	Sagen Sie mal! Wie kommen Sie dazu, meine Tochter als Zwerg zu bezeichnen? Wie kann man denn dermaßen unsensibel sein? Meine Tochter ist kein Zwerg! Sie ist ein Mensch wie Sie und ich! *Zur Tochter:* Alina, du bist kein Zwerg! Glaub dem hässlichen Mann nichts!
Toni:	*Beschwichtigend:* Natürlich bist du a Mensch, Alina! I hob ja ned gmoant, dass sie a Zwerg im Sinne vo Rumpelstilzchen is, sondern dass halt kleiner is als a normaler Mensch! *Zur Mutter:* Ich tät Sie aber schon bitten, dass Sie des Kind ned dahingehend beeinflussen, dass sie sogn, dass i häßlich bin! Das Kind soll sich a eigene Meinung bilden! Und dass sie kloaner is als ein normaler Mensch, des is eine Tatsache!
Vater:	Wollen Sie damit sagen, unsere Tochter sei nicht normal?
Sohn:	*Feixend:* Alina ist nicht norma-hal! Nanananananaaaanaaa!
	Hüpft, wie weiland Rumpelstilzchen um das Feuer hüpfte.
Toni:	*Zum Vater:* Hauns eam oane owa, dem Deppen! Sei Schwester dermaßen verarschen, des duatma ned! *Zu Donald:* Reiß di zamm! Hilf da Aida liawa, bevorst umanandahupfst wie ein Halbaff!

57

Mutter:	*Empört:* Das ist doch unglaublich! Seien Sie doch nicht so unsensibel! Wie können Sie nur daran denken, ein Kind zu schlagen! Und bitte bezeichnen Sie unseren Sohn nicht als Deppen oder Halbaffen, das verbitten wir uns! *Schreiend:* Und ein für allemal: Unsere Tochter heißt Alina! Alina!!! Nicht Aida!
Vater:	Beruhige dich, Svenja! Ich regle das schon! *Zu Toni:* Sie dürfen sich nicht in die Konflikte unserer Kinder einmischen! Ich bin Sozialpädagoge FH und kenne mich in Erziehungsfragen aus! So wie Sie sich verhalten, das sagt mir, dass Sie nie selber Kinder hatten!
Toni:	Doch, zwoa! Owa i hab des Glück ghabt, dass de mein normal warn! Owa des is mir jetza wurscht, i hobs echt eilig! Bitte schauns halt, dass des endlich weidageht mit de Flaschen! I brauch meine Tomaten! D' Frau dahoam wart mit 'm Mozarella und mit da Balsamicocreme!
Vater:	Gut, aber noch mal: Mischen Sie sich nicht in die sozialen Spannungen zwischen Geschwistern ein! Das müssen die selber regeln! Nur so lernen sie ein adequates Sozialverhalten!
Toni:	I misch mi nimmer ei, versprocha! Der Donald wenn seina Schwester 's Augn aushaut – i unternimm nix!
Vater:	Das würde er nie tun! Unsere Kinder werden gewaltfrei erzogen!
Toni:	*Leise, unterdrückt:* Und hirnfrei!
Mutter:	Wie bitte?
Toni:	Ach nix. Also, auf gehts! Jetza fangts amal o mit de Flaschen! Alina, kimm, i heb di hoch zum Loch! *Hebt Alina hoch.*
Mutter:	Lassen Sie augenblicklich meine Tochter los! Alina, komm, die Mama hilft dir hoch! *Hebt Alina zum Loch.*
Toni:	I hob ja bloß gmonat! Dass endlich weidageht.
Tochter:	*Schluchzend vor dem Loch zur Mutter:* Mami, ich hab doch noch keine Flasche genommen!
Mutter:	Ach! Die haben wir jetzt in der Hektik nicht aus der Tasche geholt! Entschuldige bitte! *Setzt Alina wieder ab und hebt sie wieder hoch, nachdem Alina eine Flasche aus der riesigen Tüte genommen hat.* Und nun steck sie rein in das Loch!

Tochter:	*Begeistert:* Jaaa! *Nicht mehr begeistert:* Das Loch mag meine Flasche nicht!
Vater:	Du musst sie mit dem Boden zuerst ins Loch stecken, Alina! Dann mag das Loch deine Flasche!
Tochter:	Achso! *Dreht die Flasche um, sie verschwindet im Loch und Alina klatscht begeistert in die Hände.*

Tonis Handy läutet, die Gattin ist dran.

Gattin:	Sag amal, wo bleibst denn du? I wart auf de Tomaten!
Toni:	A bisserl dauerts no!
Gattin:	Des gibts doch ned! Man kann doch für a Pfund Tomaten ned so lang braucha! Da stimmt doch wos ned!
Toni:	Wega mir waars ned, echt! Owa d' Alina is z'kloa! Und jetza hods a Flaschn falsch ins Loch eine gsteckt. Jetza kimmt dann da Donald dro. Der hod aa an Haufa Flaschen, owa der is wenigstens größer!
Gattin:	Host du wos trunka? Wos redst denn du für an Schmarrn daher?
Toni:	Des is die Wahrheit! Wart, i gib dir d' Frau ... *zur Mutter:* wia hoassn Sie wieder?
Mutter:	*Irritiert:* Äh ... Ellbanger-Schlöglmann!
Toni:	*Zur Gattin:* I gib dir d' Frau Ellbanger-Schlöglmann, de konns bezeugen!
Gattin:	Wen? Wer isn des?
Toni:	Des is d' Mama vom Donald und vo da Alina! De kannt dir des erklärn! Aa des vo dem Bulgaren! Der hod uns alle aufghaltn!
Gattin:	I glaub, du spinnst komplett! Schau, dass du hoamkimmst mit de Tomaten! *Legt auf.*
Toni:	*Zur Mutter:* Des war mei Frau! De wart aaf d' Tomaten!
Mutter:	Ach was!
Sohn:	Darf jetzt ich?
Vater:	Natürlich, Donald! Erst war Alina dran, jetzt kommst du! Es muss immer gerecht scin!
Tochter:	*Neunmalklug:* Und dann kommt Mama und dann kommt Papa und dann komme ich und dann wieder Donald und dann kommt ...

Vater:	Ist schon gut, Alina! Aber wisst ihr, ich habe jetzt eine ganz tolle Idee! Da werdet ihr euch bestimmt freuen!
Donald:	*Voller Spannung:* Eine Idee, Papa? Bitte sag sie uns! Bitte-bittebitte!
Mutter:	*Gütig-stolz:* Der Papa hat eine Idee! Da sind wir aber gespannt, was?
Alina:	Oh ja! Ich bin ja sooo gespannt!
Donald:	Ich auch, ich auch!
Toni:	I direkt aa!
Vater:	Ich schlage vor, die Flaschen der Mama darf die Alina ins Loch stecken und meine Flaschen der Donald! Weil es euch so Spaß macht!

Donald und seine zwergenhafte Schwester hüpfen vor Freude wie die Derwische vor dem Automaten herum. Mutter hat vor Rührung über ihren tollen Ehemann und Mustervater Tränen in den Augen. Toni auch, weil es jetzt noch länger dauert.

Mutter:	Ach Jörn, ich bin so stolz auf dich!
Toni:	Ja, owa des find i jetza ned so guat! Dann dauerts ja no länger mit de Flaschen! Dann miassn Sie de Arena …
Mutter:	*Scharf:* Alina!
Toni:	Ja, scho klar! Dann miassn Sie de Alina mindestens 45 mal hochhebn. Des is ja da Wahnsinn! I brauch bloß a Pfund Tomaten, mei Frau wart scho dahoam! Derf i ned bittschön vorgeh? I brauch maximal zwoa Minuten, dann waar i weg!
Vater:	Nein, das geht nicht! Erstens ist es ungerecht und zweitens ist ja schon eine Flasche von uns drin und registriert!
Toni:	Dann gib Eahna vo mir a Flaschn, kein Problem!
Donald:	*Quengelig:* Aber jetzt mag ich! Der dicke Mann soll nicht!
Toni:	Dicker Mann? I bin ned dick, Fratz, greislicher!
Mutter:	Jetzt reißen Sie sich aber bitte zusammen! Ich verbitte es mir, dass Sie unseren Donald Fratz nennen!
Donald:	*Neugierig:* Mama, was ist ein Fratz?
Mutter:	Ach nichts, Donald! Der Mann ist etwas durcheinander. Jetzt steck bitte deine Flasche in das Loch!

Donald:	Ou ja! *Steckt eine Flasche in das Loch, das Display meldet einen Stau und fordert auf, Bedienungspersonal zu holen.*
Alina:	Was ist jetzt? Darf ich schon wieder?
Vater:	Nein, die Maschine hat ein Problem. Da muss jetzt jemand kommen und die Flaschen wegräumen, weil die haben sich wahrscheinlich gestaut oder was. Dann können wir weitermachen!
Donald:	Wann?
Vater:	Wenn die Flaschen weggeräumt sind!
Donald:	Und wann ist das?
Mutter:	Das wissen wir jetzt noch nicht. Bald!
Alina:	Ganz bald?
Vater:	Ich weiß auch nicht, es muss erst jemand kommen!
Donald:	Wann kommt jemand? Wieso ist jemand noch nicht da?
Vater:	*Mürrisch:* Das weiß doch ich nicht! Jetzt halt einfach mal nur die Schnauze!
Mutter:	Aber Jörn! Wie redest denn du mit unseren Kindern?
Vater:	Weil sie mich nerven mit ihrer doofen Fragerei!

Alina und Donald weinen, weil sie doof sind, Vater und Mutter giften sich an, weil ihre Auffassung über Erziehung nicht mehr übereinstimmt, Toni geht grinsend und erfreut über den Streit im Paradies nach Hause, um Bargeld für ein Pfund Tomaten zu holen.

Nicht ganz dichte Dichter

Kare:	Schee, dass heit wieder amal a Dämmerschoppen zammganga is!
Sepp:	Genau! Gibt nix Bessers als a Mass nach Feierobnd!
Kare:	Prost Sepp! Auf uns!
Sepp:	Prost Kare! Schwoamas owe! Und sunst? Alles klar bei dir?
Kare:	Bei mir scho! Owa mei Bua macht mir Sorgen!
Sepp:	Da Anton? Warum? Da Anton is doch a ghöriger Bursch! Und ned direkt unsauber!
Kare:	Des ned, owa woasst, wos er jetza wern will, mein Herr Sohn?
Sepp:	Er wollt doch allaweil a Lehrer wern. Weil er hod doch immer gsagt, er möcht später amal aaf da andern Seitn sei. Er ist so oft von de Lehrer gnervt wordn, drum möcht er später d'Kinder nerven.
Kare:	Das war einmal! Jetza will er plötzlich a Dichter wern!
Sepp:	A Dichter? Geh, hör doch auf! Des is doch koa Beruf ned. Do is ja nix verdient! Des san doch alle Hungerleider, de Dichter!
Kare:	Des hob i eam aa gsagt! „Anton", hob i gsagt, „Anton! Überleg dir des! Als Dichter konnma doch ned leben! Des waar grad aso, als wennst du Diplom-Arbeitsloser studiern daadst! A Dichter hod doch koa Zukunft!" Owa er hod gsagt, da Goethe war aa a Dichter und der hod nicht schlecht glebt! A Haffa Geld und mehrere Weiber!
Sepp:	Da Goethe! Dei Anton wird doch ned glaubn, dass er a zwoater Goethe wird! Der und Goethe! Also nix gega dein Sohn, owa do hod er den Orsch z' weit untn!
Kare:	Des seg i aa aso. Owa der Bua is total verbohrt. Jetza trainiert er scho dauernd!
Sepp:	Trainiern? 's Dichten?
Kare:	Ja! Andauernd dicht der. Obs passt oder ned, der red und schreibt bloß no aso, dass sich alles reimt!
Sepp:	Echt? Des is ja komisch.
Kare:	Komisch is des ned allaweil! Neilich sagt mei Frau, er soll a Beileidskartn schreim für d' Tante Hedwig, weil da Onkel Willi gstorbn is. Schreibt der Krippl aaf de Kartn

	affe: „Onkel Willi war ein Braver, jetzt ist er leider ein Kadaver!"
Sepp:	Ja kruzenäsn! Des is brutal! Obwohl, reima duatse des fei scho! Also vom Reim her is ned schlecht!
Kare:	Scho, owa des konnst doch einer trauernden Witwe ned schreim, des is doch unmöglich!
Sepp:	Stimmt! Des is ein Nogo, wiama heit sagt! Wia hods denn reagiert, d' Tante Hedwig?
Kare:	Sie hod de Kartn gottseidank ned kriagt, weils mei Frau no rechtzeitig gseng hod. Dann hods gsagt zum Anton: „Spinnst du? Sofort schreibst a neie! Und bloß ned wieder so an Schmarrn! Kadaver! Des schreibtma doch bei an Tier!" Dann sagt da Anton: „Ja eben! Owa es hod doch immer ghoassn, da Onkel Willi is a Hund! Und außerdem hodsase greimt!"
Sepp:	Do hod er aa wieder recht!
Kare:	Ja scho, owa Kadaver geht einfach ned! Bei Fremde vielleicht, owa doch ned bei da engeren Verwandtschaft! Er hod dann a neie Kartn gschriem, wieder mit an Gedicht.
Sepp:	Wieder a Gedicht? Owa nimmer so schlimm, oder?
Kare:	Naa, des is dann scho ganga. Also mir hods gfalln, es war direkt a weng besinnlich!
Sepp:	Wos hod er denn nacha gschriem, da Nachwuchsdichter?
Kare:	„Oft war er hektisch und gehetzt, doch 'Game over' heißt es jetzt! Der Terminkalender bleibt jetzt zu, oh Herr, gib ihm die ewige Ruh!"
Sepp:	Ja super! Der Bursch hod echt a Talent. Weil des hod an Sinn, wos der schreibt! Ned so an Schmarrn, den wos zum Beispiel unser Feierwehrkommandant schreibt!
Kare:	Warum? Hod der an Schmarrn gschriem?
Sepp:	Und wos für oan! Is da Meier Alise gstorm. Und da Kommandant legt den Kranz für d'Feierwehr nieder und sagt: „Du hast gelöscht so manches Feier, und dieser Kranz war sakrisch deier, alles Gute, Alois Meier!"
Kare:	Aso a Schmarrn!
Sepp:	Und des im Angesicht der trauernden Angehörigen! Dem Meier sei Witwe war so sauer, de hätt d'Feierwehr am

liabsten ned zum Leichtrunk eingladen. Owa des konnst aa ned macha, sunst hoassts glei, du vergunnst eahna des Schnitzel und de sechs Halbe ned pro Mann.

Kare: Des stimmt, des konnst ned macha, grad als Witwe! Owa des mit dem deiern Kranz, des is scho unverschämt, sowos sagt man nicht!

Sepp: Aa wenns stimmt! Der war echt saudeier, der Kranz! Owa du muass i mi halt als Kommandant im Griff hom und des Finanzielle guat sei lassen!

Kare: Eben!

Sepp: Do san de Gedichte vo dein Buam scho besser!

Kare: Noja, wos hoasst besser. Manchmal kriagt er scho Probleme mit seiner Dichterei!

Sepp: Probleme?

Kare: In da Schul zum Beispiel. Hod er sei Matheschulaufgab ausakriagt – an Fünfer! Scho wieder! Da Lehrer hod als Korrekturbemerkung higschriem: „Anton, du musst dich einfach besser konzentrieren, sonst kommst du in Mathematik nie auf einen grünen Zweig!"

Sepp: Bei Mathe gehts owa ned ums Konzentriern, sondern ums Kapiern! Do muass oana a Talent hom dafür!

Kare: Also mei Anton, der hod koans! Owa weil er moant, er hod a Talent zum dichten, hod er unter de Bewertung vom Lehrer higschriem:
„Ich auf einen grünen Zweig,
bei dem verdammten Mathe-Zeig?
Das will ich meiner Lebtag nicht,
ich sags mit lachendem Gesicht!
Weil wer Mathe kann ein Sonderling ist,
man siehts an dem, der das grad liest!"

Sepp: Oläck! Und?

Kare: Und? Und ganz klar: Da Lehrer hod den Fünfer umgehend mit an Verweis garniert!

Sepp: Logisch! Obwohls vom Reim her gar ned so schlecht is.

Kare: Owa des hilft in Mathe nix!

Sepp: Naa, in Mathe hilft des gar nix! In Deitsch vielleicht, do kriagert er dann scho a guade Notn, wenn sich wos so schee reima daad.

Kare:	Des is ned gsagt! Weil er hod in Deitsch aa greimt und trotzdem a schlechte Notn kriagt.
Sepp:	Ah geh?
Kare:	Ja! Hams an Aufsatz schreim miassn, Thema: Wie ich einmal Glück hatte. Dann schreibt da Anton, des Rindviech: „Ich war nie ein Kind des Glücks, darum schreib ich dazu nüx!"
Sepp:	Haha! Stark! Glücks-nüx! Aaf des muassma z'erst amal kema! Also kreativ is er scho, da Anton!
Kare:	Des hod da Deitschlehrer anders gseng, weil der hod eam umgehend an Sechser gem!
Sepp:	Also, wenn er an Humor hätt, da Deitschlehrer, dann hätt er eam wenigstens an Vierer gem wegen Originellität.
Kare:	Originell wars vielleicht scho, owa a Aufsatz is des ned! Und wia er den Sechser kriagt hod, is als Korrekturbemerkung durtgstandn: „Anton, über solche Sachen kann ich leider gar nicht lachen! Tu es bloß nicht übertreiben, sonst wirst du heuer sitzenbleiben!"
Sepp:	Schau her, hod er doch a weng an Humor ghabt, da Lehrer!
Kare:	Eher an Galgenhumor! Owa die Krönung war dann, dass da Anton unterm Lehrer sei Gedicht noml a Gedicht higschriem hod!
Sepp:	Noml oans? Wos nacha?
Kare:	„An diesem Sechser sieht man eben: Ich hab einfach kein Glück im Leben!"
Sepp:	Wo er recht hod, hod er recht! Owa mei, Schulnoten san aa ned alles!
Kare:	Mit da Freindin hod er aa Probleme kriagt wega seiner Dichterei!
Sepp:	Mit da Freindin? No geh! D' Weiber ham doch des gern, wenn a Mo a weng romantisch is und amal a Gedicht schreibt.
Kare:	Des scho, owa recht romantisch war des ned. Er hod ihr folgende SMS gschriem: „Mein Schatz, ich liebe dich ganz fest, aber nur, wenn du mich endlich lässt!"

Sepp:	Ach du Schreck! Des is heftig! Des wolln d' Weiber gar ned, wennmas dermaßen unter Druck setzt, do blockierns! Des woass i aus leidvollen Nächten vo meiner Hildegard! Wie zugenagelt!
Kare:	Eben! Sie hod eam aa umgehend a SMS zruckgschriem: „Bloß Sex im Kopf? Das ist zu öde, such dir eine andere Blöde!" Und jetza hod er koa Freindin mehr.
Sepp:	Koa Wunder is ned! Owa trotzdem, i glaub, als Dichter is er echt ned schlecht! Do sollt er dranbleim!
Kare:	Noja, wermas seng, wias weidageht mit eam. Halt, mei Handy brummt! I hob a SMS kriagt!
Sepp:	Wer schreibt denn dir jetza a SMS? Mitten in da Nacht!
Kare:	*Schaut auf das Handy.* Mei Wei!
Sepp:	Und? Is wichtig?
Kare:	Ja sog amal, jetza fangt de aa no o!
Sepp:	Mit wos?
Kare:	Mit da Dichterei! Lus, wos de mir schreibt: „Tu es bloß nicht übertreim, um Punkt zwölfe bist daheim, sonst musst du wieder speim!"
Sepp:	No geh, is doch scho halbe zwölfe! A Mass geht scho no, oder?
Kare:	Owa ehrlich! Do wollns ned unter Druck gsetzt wern, de Damen, und dann? Dann setzens uns selber unter Druck! Jetza schreib ihr aa a Gedicht!
Sepp:	Genau! Und wos schreibst ihr?
Kare:	„Gottseidank bist du so liberal, weil 12 ist eine gute Zahl, bis morgen Mittag schaffes aaf jeden Fall!"

Die Wortmeldung

Bürgermeister:	So, verehrte Stadtratskollegen, ich danke für die Zustimmung und komme ...
Frl. Grandl:	*Räuspert sich hörbar.*
Bürgermeister:	Oh mei, Entschuldigung, Freilein Grandl! Ich moan natürlich liebe Stadtratskollegin und liebe Stadtratskollegen! I vergiss des andauernd, weil mir früher keine weibliche Frau nicht im Stadtrat hatten. Nix für unguat!
Fr. Grandl:	Schon gut, aber soviel Zeit muss sein!
Huber:	*Zu Kunz:* Weiber!
Kunz:	Genau!
Frl. Grandl:	Das habe ich gehört!
Huber:	I sag bloß!
Bürgermeister:	Ruhe! Hammas glei! Also, liebes Freilein Grandl, geschätzte Stadtratskollegen, bloß noch einen kleinen Bauantrag, dann hammas geschafft für heute! I denk, der Antrag is meines Erachtens unproblematisch! Unser allseits bekannter Postwirt August Lintl ...
Kunz:	Da Gust! Wos baut er denn, da Gust?
Bürgermeister:	Genau, der Gust! Also, da Lintl Gust möchte auf seinem Grundstück auf der Flurnummer 618/2 ein bescheidenes Sommerhäusl errichten.
Schmidl:	618/2? Wo is nacha des?
Bürgermeister:	*Zum Bauamtsleiter:* Wo is nacha des genau, Herr Amtmann?
Amtmann:	Es handelt sich um das unbebaute Grundstück rechter Hand von der Kreisstraße K 8, direkt an der Flurbereinigungsstraße Richtung Dopping. Wiese mit kleinem Wäldchen!
Huber:	Wo is des genau?
Bürgermeister:	No, da wo da Krambauer gegenüber sein Mais hat!
Huber:	Aaahh! Jetza! Des is durt, wo's vor zwoa Jahrn den Buam vom Luderer mitm Radl gworfa hod! Seitdem schiagelt er! Geistig is nix, owa er schiagelt!
Kunz:	Hod er an Helm auf ghabt?
Huber:	Scho!

Kunz:	Dann is des reines Pech! Ohne Helm waars Dummheit!
Bürgermeister:	Jetza seids kurz staad, hammas glei! Also, auf diesem Grundstück will da Leitl Gust ein Sommerhäusl errichten, wo man sich am Abend einmal in Ruhe davor hinsetzen kann. Eigentlich is des a reine Formsache, unproblematisch wia gsagt. Im Prinzip brauchts da gar keinen Antrag. Oder, Herr Amtmann? Brauchts da tatsächlich einen Antrag wegen so einer Kleinigkeit? A Sommerhäusl? Is des im Sinne des Gesetzes überhaupt a Gebäude?
Amtmann:	Naja, mit Verlaub, Herr Bürgermeister: Ein Bauantrag ist schon notwendig und auch die Zustimmung des Gemeinderates! Weil erstens liegt das Grundstück im Außenbereich und wurde bisher rein land- und forstwirtschaftlich genutzt und zweitens ist der umbaute Raum größer als …
Bürgermeister:	Jaja, is scho recht! Sie als Bauamtsleiter müssen des natürlich kommentieren, weil Sie werden ja zahlt dafür! Sie hams aso glernt und Sie miassens aso sagen, des nimmt Ihnen kein Mensch ned übel!
Amtmann:	Ich sag ja bloß, rein rechtlich!
Bürgermeister:	Alles klar! Ich daad sagen, gegen so ein Gartenhäusl kann man eigentlich nix haben! Im Gegenteil, es wäre praktisch direkt eine Bereicherung im Vergleich zum bisherigen Grün- und Ödland! Er tät es auch ortsgerecht gestalten, weil über der Eingangstüre is ein Hirschgeweih geplant!
Amtmann:	Alternativ ein Saukopf, falls der Bauwerber kein Hirschgeweih auftreibt zu einem angemessenen Preis. Weil der Herr Lintl ist ja bekanntermaßen Jäger und die Sau würde er dann selber erlegen und den Kopf präparieren lassen. Den Rest würde er spendieren und den Gemeinderat, falls gewünscht, zu einem Wildschweinbraten einladen.
Huber:	Mit Frauen oder ohne?
Kunz:	I sag dahoam immer ohne!

Allgemeines Gelächter mit Ausnahme des indigniert blickenden Frl. Grantl.

Bürgermeister: Spaß muß sein! Aber zurück zur Tagesordnung! Dankschön für die Erläuterung, Herr Amtmann! Mir persönlich ist des egal, ob Hirschgweih oder Saukopf, weil es handelt sich bei beiden um einheimische Baumaterialien!

Schmidl: Ja eben! I bin dafür!

Frl. Grantl: Ein Saukopf? Naja, mir soll es recht sein. Mein Geschmack wäre das nicht gerade!

Huber: Aber es passt zum Standort, weil es is ein Wald daneben! Vom Gesamtensemble her is a Saukopf stimmig!

Frl. Grantl: Naja ... *Verdreht herablassend die Augen.*

Bürgermeister: Des is jedem seine Sache, was er über die Haustüre hängt. Solangs kein Elefantenschädl is! Der is ned ortstypisch! *Lacht über seinen eigenen originellen Gag.*

Kunz: Du wieder! Also Buagamoasta, a Hund bist scho! Elefantenschädl! Er! *Dreht sich nach hinten zu den Kollegen und sieht sich wohlwollend lachend im Gremium um.*

Bürgermeister: Passt scho! Also, langer Rede kurzer Sinn: Gibts Wortmeldungen zu dem Bauantrag? Weil dann könntma glei abstimmen darüber und dann wäre die heutige Gemeinderatssitzung beendet. Dauert eh schon fast zwei Stunden!

Schmidl: Ja eben! Und heit is Champions League!

Huber: Spielt Bayern dahoam?

Schmidl: In Barcelona!

Huber: Des wird hirt! D' Spanier san ned angenehm! Und dahoam eine Macht!

Kunz: De hauma weg, de Paellastampfer!

Schmidl: Genau!

Bürgermeister: Jetza warts halt mitm Fußball! Stimmen wir halt erst ab! *Sieht sich nochmal prüfend um.* Keine Wortmeldungen? Also dann, dann kommen wir zur Abstimmung. Wer für den Bauantrag ...

Bunk: Äh, i hätt da no a Frage!

Huber: *Zu Kunz:* Da Bunk! Allaweil, wenns praktisch aus is, dann kimmt da Bunk daher! Blanke Absicht!

Kunz:	Zerst sagt er zwei Stunden kein Wort, dann, wenn alles ume is, dann kimmt er und halt den ganzen Betrieb aaf! Furchtbar, der Bunk! Wer hat den Deppen gwählt, des frag i mi!
Huber:	Des frag i mi scho lang! Allaweil da Bunk! Hanswurscht der!
Bürgermeister:	*Ungehalten, genervt:* Also Bunk, wos is denn noch?
Bunk:	*Fast ängstlich wegen der feindseligen Stimmung:* Is do a Kanal?
Bürgermeister:	Wos?
Bunk:	A Kanal! Geht da a Kanal hi zu dem Grundstück? I moan bloß.
Bürgermeister:	Herr Amtmann, geht da ein Kanal hi?
Amtmann:	Also so direkt eigentlich nicht!
Bunk:	*Wieder selbstbewusster:* Wie, direkt? Geht da a indirekter Kanal hi oder was?
Amtmann:	Auch kein indirekter. Eigentlich überhaupt keiner!
Bürgermeister:	A Kanal geht da ned hi, des is klar. Aber des is ja in dem Fall gar ned die Frage! Es geht ja bloß um a Gartenhäusl!
Kunz:	Ja eben! I versteh die Frage ned, Bunk! Jetza hör aaf mit dera Fragerei! Stimma ab und da Kaas is gessn! Ein Kanal steht ja gar ned auf der Tagesordnung, sondern ein Gartenhäusl!
Huber:	Genau! Kanal! So ein Schmarrn! Les doch erst die Tagesordnung, Bunk, bevor dass du so Fragen stellst! Steht da vielleicht wos von einem Kanal?
Bunk:	I hob ja bloß gmoant! Mir is ja im Endeffekt wurscht, is ja ned **mei** Gartenhäusl!
Bürgermeister:	Des is die richtige demokratische Einstellung! Des daad i auch sagen! Ist die Frage damit beantwortet, Kollege Bunk?
Bunk:	Im Prinzip ja!
Bürgermeister:	Sehr schön! Es ist ja auch keine Fabrik ned, sondern bloß ein Gartenhäusl! Also, dann kommen wir endgültig zur Abstimmung! Wer für …
Schrei-Kimmel:	Moooment! Moment bitte! So einfach können wir uns die Sache nicht machen!

70

Kunz: Ach du Scheisse! Da Schrei-Kimmel! Jetza wirds länger! De erste Halbzeit konnst vergessen!

Schrei-Kimmel: Soviel Zeit muss sein, Herr Kollege Kunz! Da bitte ich wirklich um Verständnis!

Kunz: Also nix für unguat, Herr Schrei-Kimmel, aber es bei jeder Sitzung des Gleiche! Immer zum Schluß kommen Sie daher! Wenn sogar da Bunk a Ruah gibt, dann wissen immer Sie no was! Des is doch direkt auffällig! Des hat doch Methode!

Bürgermeister: Da ist was dran, Kunz! Also, bei allem Respekt, Herr Schrei-Kimmel: Auffällig is des schon! Aber wir haben eine Demokratie und darum: Bitteschön, Herr Schrei-Kimmel! Was wollen Sie uns sagen?

Schrei-Kimmel: Als Fraktionssprecher der Grünen ...

Huber: *Spöttisch:* Fraktionssprecher der Grünen! Sie san doch der oanzige Grüne im Gemeinderat! Sie san doch bloß a Mensch und koa Fraktion! Also glauben duastas ned! Fraktionssprecher, er!

Schrei-Kimmel: Das tut jetzt nichts zur Sache! Ich vertrete auf jeden Fall die Grünen im Gemeinderat und das ist, wie ich heute wieder feststellen muss, bitter nötig! Dieser Bauantrag und die kritiklose Zustimmung sind für mich erschütternd und ein Indiz dafür, dass in diesem Gremium kein Mensch an die Folgen eines Beschlusses denkt!

Schmidl: Ein Indiz daad er sagen! Mir samma der Gemeinderat von Hinterödeck und kein Indiz! Also sowos! Indiz! *Schüttelt den Kopf.*

Huber: Also ehrlich! Wos is denn jetza da so erschütternd, wenn a anständiger Mensch und Steuerzahler a Gartenhäusl baut? Des is doch a normaler Vorgang und koa Indiz! Stört Sie vielleicht der Saukopf? Duat Eahna de Wildsau leid, de wo da gschossn wird? Sie, Herr Schrei-Kimmel, da konn Eahna beruhigen: Der Leitl Gust macht des waidgerecht, des konn Eahna garantiern! Da Gust ist ein Jäger mit Ehre, der schiasst ned blind herum in da Landschaft!

Schrei-Kimmel: Mir geht es doch nicht um den Saukopf!

71

Kunz:	Ned? Also, dann frag i mi scho, wos Sie überhaupt wollen! Wenn Sie für den Saukopf sind, dann können doch ned gegen des Gartenhäusl sei! Dann stimmens doch zu und a Ruah is!
Bürgermeister:	Kunz, Schmidl, Huber! Jetza tuts den Herrn Schrei-Kimmel ned so unter Druck setzen! Bei uns derf jeder frei seine Meinung sagen, selbst ein Grüner! Mir san Demokraten!
Schmidl:	Man derf des Überliberale nicht übertreiben! Irgendwann geht der Schuß nach hinten los! Dann lebma wieder in Höhlen! Liberale Neandertaler, auf des is gschissn!
Schrei-Kimmel:	Etwas anderes habe ich von Ihnen nicht erwartet, Herr Schmidl! Schämen Sie sich für Ihre billigen Stammtischparolen!
Schmidl:	*Erzürnt:* Schämen **Sie** Ihnen! Immer die Sitzungen künstlich verlängern, wenn Champions League is! Des machen Sie doch absichtlich, i hob Sie scho längst durchschaut! Des hob i scho gfressn, des sag ich Ihnen!
Bürgermeister:	*Scharf:* Schmidl! Herrgottseitn!
Schmidl:	*Voller Zorn:* Weils wahr is! Mir langts schee staad! Mei Alte auf Kur, i kannt in aller Ruhe Fußball schaun und pro Halbzeit zwoa Halbe trinka, ohne dass i gschimpft werd, und dann des! Mir langts echt schee staad! Zefix noml!
Bürgermeister:	Sei ned so aggressiv! Der Herr Schrei-Kimmel is genau so gewählt wia du! Reiß di zamm!
Schmidl:	I hob eam ned gwählt! Ich nicht! Und aus meiner Familie aa koaner und aus meiner Verwandtschaft aa ned! Weil mir ham alle miteinander Briefwahl gmacht! Und dem hamma keine Stimme nicht gegeben! Dem nicht! I schwörs beim Schwanz vo mein Hund!
Schrei-Kimmel:	*Spöttisch:* Soviel zum Thema „geheime Wahl"!
Schmidl:	*Außer sich:* Was soll des hoassn? Wollen Sie mir unterstellen, dass i mir was zu Schulden habe kommen lassen? Sind Sie bloß vorsichtig, Herr Schrei-Kimmel! Ihr Linken seids natürlich gegen eine harmonische Wahl

im Familienkreis! Des is scho klar, weil ihr seids ja gegen die Familie an sich, ihr wollts ja die Familien zerstören! Ihr wollts ja bloß Singles und schwule Ausländer. I kenn eich, mei liawa! Ihr Baraber ihr!

Schrei-Kimmel: Also das verbitte ich mir, Herr Schmidl! Was soll denn dieses pauschale dumme Gerede? Ich bin glücklich verheiratet und habe drei Kinder!

Schmidl: Des is doch bloß Tarnung!

Bürgermeister: *Energisch:* Also Schmidl, jetza wirds mir wirklich langsam z'viel! Lass amal den Herrn Schrei-Kimmel in Ruah und sei ned so aggressiv! Der Mann hod dir doch nix do! Mensch Meier!

Schmidl: *Bockig:* Dann sag i halt gar nix mehr!

Bürgermeister: Des waar des Allergscheideste! Also, Herr Schrei-Kimmel: Wo sehen Sie ein Problem, wenn der Saukopf keines ist?

Schrei-Kimmel: Herr Bürgermeister, Frau Grantl, meine Herren! Wir haben doch hier wieder einen Fall, wie wir ihn immer wieder haben. Jemand beantragt eine Baugenehmigung für ...

Schmidl: „Jemand"! Is da Leitl Gust vielleicht „jemand"?

Bürgermeister: *Scharf:* Schmidl! Kreizkruzenäsen! A Ruah is jetza!

Schmidl: Bin scho staad!

Schrei-Kimmel: Jemand, in diesem Fall der Postwirt August Leitl, beantragt eine Baugenehmigung für ein Gartenhäuschen auf einem Grundstück mitten in der Natur. Auf diesem Grundstück würde man niemals eine Baugenehmigung für ein gemauertes Einfamilienhaus erhalten! Im absoluten Außenbereich!

Huber: Nie! Des gang ja gar ned!

Schrei-Kimmel: Genau! Das ginge ja gar nicht, wie Sie richtig sagen! Aber so ein kleines gemütliches Gartenhäuschen aus Holz – wer soll da etwas dagegen haben!

Kunz: Kein Mensch nicht!

Schrei-Kimmel: Sie sagen es, Herr Kollege Kunz: Kein Mensch! Aber durchschauen Sie denn diese perfide Taktik nicht?

Kunz: Per wos?

Schrei-Kimmel: Perfid! Das heißt so viel wie hinterlistig, mit bösen Ab-

	sichten! Das Gartenhäuschen ist doch nur der Anfang! Dann wird ein Kamin eingebaut, weil es am Abend so kühl ist und weil man deshalb einen Ofen braucht ...
Huber:	Ja guat, des is klar! Grad da draußen, direkt am Gewässer, da wirds schnell frisch in der Nacht! Da kannst dir leicht was holn, wenns zu kalt is im Gartenhäusl! Des is tückisch! A Niere is schnell entzündet, wenns zu kalt is!
Bürgermeister:	Gsund is des nicht!
Schrei-Kimmel:	Eben! Gesund ist das nicht! Und dann heißt es: „Jaaa, wenn da ein Kamin hinein soll, der muß natürlich gemauert sein!" Ist ja logisch, denn ein hölzerner Kamin wäre ja sinnlos!
Kunz:	A Krampf waar des, a glatter Krampf! Der brennert ja scho beim geringsten Feier! A hölzerner Kamin, des is ja a Narrenstückl! Keine alte Sau baut einen hölzernen Kamin! A Kamin ghörste gmauert!
Huber:	*Sieht auf die Uhr.* Jetza is Anstoß in Barcelona! Zefix!
Bunk:	Des wird no länger! Da Schrei-Kimmel, der gibt ned nach!
Huber:	Schuld bist du!
Bunk:	I? Warum i? I daad ja zuastimmen!
Huber:	Hättst ned gfragt wega dem Scheißkanal, dann hättma scho abgstimmt und waarn scho dahoam!
Bunk:	Duat mir echt leid! I versprich dir, i frag nix mehr! Nie!
Bürgermeister:	Wars des dann, Herr Schrei-Kimmel?
Schrei-Kimmel:	Was heißt „wars des dann"? Ich stimme auf jeden Fall gegen den Bauantrag! Denn das Nächste nach dem Kamin ist dann die Terrasse, dann die Schlafgelegenheit und letztendlich die Kochgelegenheit. Und schon haben wir ein Einfamilienhaus mitten im Außenbereich! Und die Garage wird dann auch nicht lange auf sich warten lassen!
Huber:	Also, Herr Schrei-Kimmel, des ist fei scho eine Unterstellung! Der Leitl Gust hat kein Wort nicht gesagt von einer Garage oder einer Terrasse! Der will nur ein

Gartenhäusl baun. Tuns ihm nicht allerweil eine böse Absicht unterstellen! Der August Leitl ist ein Schulkamerad von mir! Der ist in Ordnung und kaum vorbestraft!

Schrei-Kimmel: Ich unterstelle ihm ja gar nichts, aber ich weiß doch, wie sowas läuft! Ich erinnere nur an den Antrag von Ferdinand Schöppl im letzten Sommer! Sie wissen alle, wovon ich spreche!

Bürgermeister: Da Schöppl Ferdl! Der hat uns in der Tat gscheit verarscht! Des passiert uns nimmer! Beantragt der eine Schankerlaubnis für eine intime Nachbarschaftsfeier im kleinen Rahmen und stellt dann ein 1200-Mann-Zelt auf mit Barbetrieb! Der hat uns gewaltig blitzt!

Schmidl: Da Ferdl! A weng a Schlitzohr is er scho! Owa es war a scheens Fest, des muassma der Ehrlichkeit halber sagen! Könnens Ihnen no erinnern, Fräulein Grantl? Sie hamm einen Fetzn Rausch ghabt! Der Bluatwurz in der Bar hod Ihnen regelrecht d'Haxn wegzogn! Leck mich fett, war des ein Zinterer!

Frl. Grantl: Darüber möchte ich nicht sprechen! Das ist mir heute noch peinlich!

Kunz: *Laut und triumphierend:* Jawoll! Super! Jetza hammses, de Deppen!

Bürgermeister: *Erschrocken:* Was? Wie moanst jetza des, Kunz? Drahst durch oder wos?

Kunz: Äh, Tschuldigung, i hob bloß am Handy live des Spiel do. Bayern hod grad des 1:0 gschossn!

Bürgermeister: Des is erfreulich, aber ich habe die Sitzung noch nicht geschlossen! Also, ich täte sagen, dass wir abstimmen. Die Argumente sind ausgetauscht, die Diskussion bringt nix mehr. Und mei, es muass ja ned immer einstimmig sei! Sollte, muß aber nicht! Sans einverstanden, Herr Schrei-Kimmel?

Schrei-Kimmel: Ich bin nicht einverstanden! Ich habe auch ausführlich erläutert, warum!

Bürgermeister: Ja, das wurde zur Kenntnis genommen, der Herr Amtmann hat es sogar vermerkt im Protokoll! Gell, Herr Amtmann?

Amtmann:	Selbstverständlich!
Bürgermeister:	Also! Und ich verstehe die Bedenken, die der Herr Schrei-Kimmel hat, ich verstehe die schon. Und deshalb täten wir dem Bauwerber Leitl auch schreiben, dass die Genehmigung keine Garage beinhaltet! Da wären wir dann konsequent!
Huber:	Genau! Des is guat! Dann samma rechtlich auf der sicheren Seitn! Oder, Herr Amtmann?
Amtmann:	*Unsicher:* Naja, so direkt ... äh, das wäre zu prüfen.
Huber:	Genau! Des prüfma! Owa zerst stimma ab! Also Burgamoaster, lass abstimmen!
Bürgermeister:	Also, wer für den Bauantrag vom Schöppl Ferdinand ist, der ...
Amtmann:	Entschuldigung, Herr Bürgermeister, aber es geht um den Bauantrag von August Leitl!
Bürgermeister:	Freilich! I bin scho ganz durcheinander! Also, wer is für den Bauantrag vom Leitl Gust? Den bitte ich um das Handzeichen!

Alle heben die rechte Hand außer Schrei-Kimmel, der erschüttert über soviel Ignoranz den Kopf schüttelt.

Bürgermeister:	Wer ist dagegen? *Schrei-Kimmel hebt die rechte Hand auffallend hoch.* Bei einer Gegenstimme praktisch einstimmig angenommen!
Kunz:	Zefix, des derf doch ned wahr sei! So eine Sauerei!! Lauter Deppen!
Bürgermeister:	*Konsterniert:* Kunz, spinnst jetza komplett? Wieso is des a Sauerei?
Kunz:	Barcelona hod des 1:1 gschossn!
Bürgermeister:	So eine Sauerei! Die Sitzung ist geschlossen!

2051

Als Kind habe ich viel geträumt:
Dass ich fliegen kann zum Beispiel – das war ein tolles Gefühl, an das
ich mich noch heute gerne erinnere. Weniger schön war ein anderer
immer wiederkehrender Traum meiner Kindheit: Ich gehe in die Schule (ja, liebe Kinder: Gehe!!! Der Schulbus war damals noch nicht er-
funden!), und erst im Klassenzimmer merke ich, dass ich keine Hose
anhabe, nicht einmal eine Unterhose! Gottlob ist dieser Traum, der
mir einige schweißgebadete Nächte beschert hat, nie Wirklichkeit geworden! Wobei eine latente Angst noch heute in mir vorhanden ist,
dass mir dergleichen doch einmal passieren könnte. Nicht in der Schule, das ist klar. Aber im Büro oder in der Kirche oder, was Gott verhüten
möge, auf der Bühne!
Wie gesagt, als Kind habe ich viel geträumt. Das ließ, wahrscheinlich
nicht nur bei mir, mit zunehmender Reife stark nach. Und wenn ich
als Erwachsener träume, dann bei weitem nicht mehr so konkret, so
real, sondern eher diffus, um nicht zu sagen, wirr.

Doch vor kurzem hatte ich nach langer Zeit wieder einmal einen sehr
realen Traum, beängstigend real! Eventuell war es auch ein Albtraum,
so richtig klar bin ich mir darüber heute noch nicht.
Ich träumte, dass ich wach werde. Ich wurde natürlich nicht wach,
weil wenn ich wach geworden wäre, hätte ich ja nicht träumen können!
Ich wurde also (im Traum) wach und ein kleines Mädchen kam zu mir
ins Schlafzimmer und zu mir ans Bett. Ein süßes Ding von ungefähr
sechs oder sieben Jahren. Sie lächelte mich an und hielt mir ein Handy
mit großem Display unter die Nase. „Schönen guten Morgen, lieber
Uropa!", stand in großen Lettern darauf, garniert mit einem roten Herz
am Ende.
„Servus Li Pang!", antwortete ich mit leicht brüchiger Stimme. Ich war
alt, sehr alt, verdammt alt! Aber ich war weder verwundert noch verzweifelt angesichts dieser Tatsache, es war selbstverständlich, dass ich
ein Greis war. Genau so selbstverständlich wie der Umstand war, dass
dieses kleine Mädchen meine Urenkelin war und dass sie Li Pang hieß.
Chinesische Vornamen waren schwer in Mode, das war mir vollkom-
men geläufig!

Es wunderte mich auch nicht im Geringsten, dass meine schnuckelige Urenkelin kein Wort sprach, sondern mir ihr Handy unter die Nase hielt, wenn sie mir etwas mitteilen wollte – wie jetzt gerade auch wieder: Mit unglaublich flinken Fingern hatte sie wieder eine Nachricht für mich eingetippt, die folgendermaßen lautete: „Bitte erzähl mir wieder was von früher! Bittebittebitte, Uropa Toni!" Ich freute mich über diese Bitte. Und draüber, dass ich noch Toni hieß und nicht Tsiao Peng oder so. „Du magst meine Geschichten von früher gern, gell, Li Pang?" Sie nickte begeistert.

Ich wollte gerade anfangen, zu erzählen, als ich plötzlich eine angenehme, fast erotische, weibliche Stimme neben mir hörte. „Einen wunderschönen guten Morgen, lieber Toni!", sagte die Stimme, „es ist Zeit für dich, aufzustehen! Wir haben heute den 16. April 2051. Sonnenaufgang 6 Uhr 16, Sonnenuntergang 20 Uhr 22. Es wird heute leicht bewölkt, die Höchsttemperatur liegt bei 26 Grad, die Tiefsttemperatur bei 14 Grad Celsius. Niederschlagswahrscheinlichkeit und Unwettergefahr bei null Prozent. Leichter Wind aus Nordost, Birkenpollen mäßig, UV-Strahlung im Normbereich. Ich wünsche dir einen schönen Tag!"
Es war mein Wecker, der das alles gesagt hatte. Und auch das wunderte mich nicht, es war offenbar absolut üblich im Jahre 2051, auf diese Weise geweckt zu werden. Ebenso üblich war war es, dass Kinder nichts sagten, sondern nur mehr über Handymitteilungen kommunizierten. Der Beweis dafür folgte auf dem Fuß: Abermals hielt mir Li Pang das Display unter die Nase: „Bitte eine Geschichte von früher! Sofort!", stand darauf. Der Befehlston wurde abgemildert durch kleine Herzchen, mit denen sie ihre Bitte umrahmt hatte.
2051! Ich war also 92 Jahre alt! Und offenbar noch bei Verstand, soweit ich dies im Traum beurteilen konnte! Immerhin!

„Also gut", sagte ich, „sitz di her zu mir, du frechs Deandl!"
Gottseidank, wenigstens den Dialekt gab es noch – ich hatte „Deandl" gesagt! Plötzlich leuchtete das Handy der Kleinen und eine Stimme sagte: „Mama für Li Pang! Bist du wieder beim Uropa Toni, mein Schatz?"
„D' Mama! Gib mal schnell dein Handy!", bat ich meine Urenkelin. Sie legte es mir auf das Bett und ich tippte mit knochigen Fingern, aber

mit einem spitzbübischen Augenzwinkern ein: „ Ja, ich bin beim Uropa, weil der so cool ist! Uropa Toni ist der Coolste!"
Sie grinste mich an, ihre weißen Zähne blitzten und wir waren uns einig, dass wir ein gutes Team waren, wir zwei, der alte Toni und die kleine Li Pang.
Schon wieder leuchtete das Handy auf. „Was mag Uropa zum Frühstück?", las ich.
Ich überlegte kurz, wonach mir, besser gesagt meinem Körper, der Sinn stand, dann tippte ich wie selbstverständlich die Antwort ein: „30 Einheiten Calcium, 20 Einheiten Magnesium, 5 Einheiten Zink, 20 Einheiten Eisen, Rest Vitamine, Enzyme und Spurenelemente. Himbeeraroma bitte!"
„Magst auch ebbs, Li Pang?"
„Apps?", schrieb sie aufs Display und sah mich verwundert an.
„Nein", antwortete ich gütig lächelnd, nicht apps, ,etwas' meine ich!"
Sie schüttelte den Kopf und schickte die Antwort per Knopfdruck an ihre Mutter, die logischerweise meine Enkelin sein musste oder die Frau meines Enkels. Ich hätte sie gerne gesehen, aber sie kam im Traum nur als Stimme vor, aber wenigstens als angenehme und nicht als keifende!

Der ungeduldige Blick Li Pangs sagte mir, dass ich endlich mit meiner Geschichte beginnen sollte.
„Heute erzähle ich dir mal vom Essen, meine liebe Kleine!"
Sie wusste zwar von alten, auf Sticks gespeicherten Bildern, dass man früher feste Nahrung aß, aber bestimmt würde es ihr besser gefallen, wenn ich es ihr plastisch schilderte.
„Weißt du", begann ich, „als ich noch jung war, da haben wir uns öfters zum Schweinshaxenessen getroffen!"
„Schwynz Hak Sen?" stand auf dem Display, das sie mir mit großen fragenden Augen unter die Nase hielt. Es sah verdächtig fernöstlich aus, dieses „Hak Sen"!
„Schweinshaxen!", wiederholte ich, „Schweinshaxen! Der Fuß eines Schweines! Jeder von uns hat den Fuß eines Schweines gegessen!"
Angewidert sah Li Pang mich an. „Dann konnte doch das arme Schwein nicht mehr richtig laufen!", hatte sie schnell ins Handy getippt und ließ es mich, vorwurfsvoll blickend, lesen.

Ich spürte, wie sich in ihre Zuneigung zu mir Fassungslosigkeit über meine ehemals barbarischen Essensgewohnheiten mischte. Und ich spürte, wie vor ihrem geistigen Auge viele amputierte und hinkende Schweine mit traurigen Schweinsaugen vorüberzogen.

„Li Pang", lachte ich , „Li Pang! Wir haben doch dem Schwein keinen Fuß abgehackt! Wir haben es natürlich vorher umgebracht!"

Die Skepsis in ihrem Gesicht wich blankem Entsetzen! „Aber wieso? War das Schwein böse?" stand auf dem Display des Handys.

„Wieso? Wir haben ja nicht nur den Fuß des Schweines gegessen! Auch den Bauch, den Rücken, die Rippen, den Kopf, die Lunge, die Leber, das Herz, die Nieren, das Hirn, den Schwanz, eigentlich fast alles!" Ich erschrak beinahe über meine eigenen Worte.

Wie versteinert sah meine Urenkelin mich an. Sie musste mich für einen primitiven Höhlenmenschen halten, der, besudelt mit Schweineblut und -hirn, auf einem Stein vor seiner Höhle saß und grunzend und schmatzend an einem Schweineschwanz lutschte.

„Aber ihr habt nicht immer nur Schweine gegessen, oder?", tippte sie hoffnungsvoll ins Handy. Ihr Blick sagte mir, dass sie verzweifelt versuchte, etwas Positives in Sachen Essensgewohnheiten aus mir herauszulocken.

Vermutlich hätte sie als Antwort gerne „nein, natürlich auch Salat und Obst" oder „Nudeln" oder ähnliches gehört. Aber ich war offenbar in einer Art kulinarischem Blutrausch und sagte: „Nein! Natürlich nicht nur Schweine! Wir haben auch Kälber gegessen! Und Stiere! Und Hühner, und Enten und Gänse und Hasen und Rehe und Hirsche und Schildkröten und Fische und viele andere Tiere, auch Pferde!"

In dem Moment, in dem ich dies alles sagte, war es mir fast selber peinlich. Andererseits wollte ich vermutlich auch ein wenig angeben, welch harte Hunde wir damals waren.

Li Pang saß mit offenem Mund auf der Kante meines Bettes und wusste nicht mehr, was sie sagen sollte – sagen konnte sie ohnehin nichts, sie wusste aber auch nicht mehr, was sie schreiben sollte.

Ihre Schockstarre wurde gottseidank nach wenigen Sekunden unterbrochen. Etwas Elektronisches, Flaches, kam summend herein. Es war ähnlich einem dieser runden, im Durchmesser ca. 50 Zentimeter großen Staubsauger, die heutzutage selbständig, ohne menschliche Begleitung, in Räumen nach Schmutz suchen, diesen aufsaugen und dann gleichmäßig im ganzen Haus verteilen.

Jedoch, es war kein Staubsauger, sondern ein bis auf das Summen stummer Diener, auf dem das bestellte Frühstück für mich stand. Kein Teller, kein Besteck, keine feste Nahrung, die das Herz und vor allem den Magen erfreut, war zu sehen: Nur ein Glas mit einer grünlich-grauen Flüssigkeit darin, mit einem intensiven, aber angenehmen Himbeerduft, was man aufgrund der nicht gerade einladenden Farbe nicht vermutet hätte.

Komisch, dieses Frühstück! Noch komischer aber war, dass mich das alles nicht wunderte! Es war völlig normal – für mich und für Li Pang sowieso. Essen, so wie wir es heute kennen und mögen, das tat man nicht mehr! Man nahm nur die Mineralien, die Vitamine, die Spurenelemente und diejenigen chemischen Stoffe zu sich, die der Körper braucht, um optimal und möglichst lange zu funktionieren. Ein computergesteuerter „Koch", eventuell auch eine elektronische „Köchin", bereitete den Cocktail zu.

Meine Urenkelin nahm das Glas vom summenden Diener und gab es mir mit einem geistesabwesenden und immer noch schockierten Blick, der zu sagen schien: „Da, trink dein Frühstück, du Mörder!" Ich hätte das mit den Schweinshaxen vielleicht doch nicht erzählen sollen. Wie sollte ich jemals gutmachen, was ich an eigenem Image bei Li Pang zerstört hatte?

Ich trank von meinem Frühstück. Der Geschmack war nicht schlecht – ich mag Himbeere, ich mochte Himbeere schon immer! Aber trotzdem: Ich vermisste das herzhaft Knacken einer frischen Semmel, ich vermisste auch die unvergleichliche Duftkombination von frischem Kaffee, Emmentaler und Leberkäse! Und ich vermisste meine Urenkelin! Wo war sie plötzlich, die süsse Kleine? War sie vor ihrem blutrünstigen und schweinemordenden Uropa davongelaufen?

„Li Pang? Li Paaang? Wo bist du denn?", rief ich.

„Was? Wer?" hörte ich meine Frau aus dem Bad rufen, „hier bin ich! Wie hast du mich genannt? Lipang?"

„Nein nein, Liebling habe ich dich genannt", log ich, und mir war bewusst, dass ich nun wirklich wach geworden war.

Selten hat mir ein Frühstück so gut geschmeckt wie an diesem Morgen!

Gleichberechtigung

Kare: Gestern hob i a Dokumentation gseng über die Stellung der Frau im 19. Jahrhundert. Des war fei scho krass damals! Do warn ja Frauen direkt Sklavinnen, des is aa ned richtig!

Sepp: Des stimmt! Owa de Zeiten san vorbei. Heitzudogs hamma eine Gleichberechtigung.

Kare: Manchmal sogar mehr! Also im häuslichen Bereich, beruflich ned allaweil.

Sepp: Und sprachlich hamma aa a Gleichberechtigung!

Kare: Sprachlich? Moanst jetza, weil Frauen freies Rederecht hamm?

Sepp: Naa, i moan, dass heit zu jedem männlichen Wort a weiblichs gibt. Amtmann – Amtfrau, Regierungsrat – Regierungsrätin, Bürgermeister – Bürgermeisterin, Postbote – Postbotin.

Kare: Rauchmelder-Rauchmelderin!

Sepp: Aso a Schmarrn! A Rauchmelder is und bleibt a Rauchmelder und aus! Do gibts doch koa weibliche Bezeichnung! Wia bei Leberkaas, a Leberkäsin gibts aa ned!

Kare: No freilich gibts a Rauchmelderin! Mei Nachbarin zum Beispiel, de is oane! Weil wenn i heimlich aaf da Terrassn rauch, dann ruaft sie sofort mei Frau o und meldet, dass i rauch!

Perfekter Körper

Sepp: Aso a menschlicher Körper is scho wos Faszinierendes!

Kare: Noja, sooo faszinierend is da deine aa wieder ned! De Speckschwartn, de Plattfiaß, de Hoor in de Ohrn, also direkt faszinern duat mi des ned!

Sepp: I moan doch ned des Äußere, sondern des Innere! I hob jetza seit November ununterbrochen den typischen Winterschnupfen ghabt. Und gestern war Frühlingsanfang – zack – da Winterschnupfen is weg!

Kare:	Faszinierend!
Sepp:	Genau! Seit gestern hob i Heuschnupfen!

Weils W(w)urscht is

Kare:	Also Leit, muass des sei? Des muass doch ned sei! Des brauchts doch ned!
Sepp:	Wos denn?
Kare:	Stellts eich vor: Bini gestern in da Metzgerei, und wos gibts do? A Bärlauchstreichwurscht, an Schnittlauchleberkaas, a Walnusssalami, an Holunderschinken! Des is doch nimmer normal, oder? So ein Zeig!
Sepp:	Genau! Normal is des nimmer! Oder, Erwin? Wos sagst do du?
Erwin:	Mei Männer, duats eich doch ned owe! Samma uns doch ehrlich: Im Prinzip is doch alles Wurscht!

Nomen und Omen

Sepp:	Mit de Namen, des is fei oft komisch!
Kare:	Wos? Wia moanst jetza des? Moanst jetza komische Namen? So wia Jacqueline Pfundgruber oder Jan-Ole Lederer?
Sepp:	Naa, des moan i ned. I moan, weil manche Namen genau zu de Leit passen. Da Freind vo meiner Tochter zum Beispiel, der hoaßt Förster und is a Förster. Wahnsinn, oder? Oder mei Nachbar: Der hoaßt Schreiner und is a Schreiner!
Kare:	Jetza, wo du des sagst – des stimmt! Da Bruader vo meiner Frau, also mei Schwager praktisch, des is a Bauer und der hoaßt Bauer! Und sei Bua scho wieder! Wos alles gibt aaf dera Welt!
Sepp:	Irr! No krasser is ja, wenn da Nam des direkte Gegenteil vom Menschen is. Sowos gibts aa!

Kare:	Echt? Sog amal a Beispiel!
Sepp:	Da Fußballer Lahm zum Beispiel: Der konn renna wie die Sau und hoaßt Lahm!
Kare:	Ja genau! Wahnsinn!
Sepp:	Gell! Oder wenn oaner an Meter 98 groß is und hoaßt Kurz!
Kare:	Haha! Genau! Oder wenn a Bayer Preuß hoasst oder a ganz a Kaasiger Braun!
Sepp:	Oder wenn oaner mit ana drumm Wampn Dürr hoasst!
Kare:	Oder a ganz a greislichs Weiberts Schön!
Sepp:	Ja mi host ghaut! Der krasseste Fall is a Kollege vo mir!
Kare:	Echt?
Sepp:	Ja! Der hoaßt Klug und is a glatter Depp!

Ostern damals und heute

Sepp:	Frohe Ostern, Kare! Und viele Eier!
Kare:	Danke Sepp, dir aa!
Sepp:	Merci! Mei, apropos Eier: Woasst, an wos i gestern denkt hob?
Kare:	An Eier?
Sepp:	Natürlich an Eier! I hob ja gsagt, apropos Eier! I hob an des Ostern unserer Kindheit denkt. Wosstas no, wiama mir allaweil Eier gfärbt ham miteinander? Woasst du des no?
Kare:	Omei, ja! Des Eierfärben! Schee wars, wiama unsere Eier gfärbt ham!
Sepp:	So schee! Seids immer zu mir kema: Du, da Erwin und da Rudi. Jeder hod 20 Eier dabei ghabt und dann hamma gfärbt miteinander. Rote, blaue, gelbe, grüne. Aso eine Gaudi wos mir ghabt ham!
Kare:	Aso eine Gaudi hams heit bestimmt nimmer, wennsase zum Eierfärben treffa: Da Aldi, da Lidl, da Netto und da Penny!

Pechvogel

Mann 1:	Ha, is des ein Wetter heit!
Mann 2:	Ein Traumwetter is des! Also besser gehts ned!
Mann 1:	Und morgen solls glei no scheener wern!
Mann 2:	Des hob i aa ghört! Da Wetterbericht sagt 25 Grad und heiter bis wolkig. Ein Wetter wia gmalt!
Mann 1:	Und drum hob i spontan beschlossen, dass i morgen an Dog Urlaub nimm, spontan!
Mann 2:	Omei, Sie Glücklicher! Sie hams schee! I konn mir koan Urlaub ned nehma!
Mann 1:	A geh? Kriagn Sie so schlecht Urlaub?
Mann 2:	I kriag überhaupt koan Urlaub!
Mann 1:	Überhaupt koan? Also des is brutal! Warum denn ned?
Mann 2:	I bin a Rentner!

Alterung

Kare:	Und, Sepp? Wos treibst allaweil aso?
Sepp:	Gestern war i mit meiner Frau beim Fotografen.
Kare:	Do schau her! A Familienfoto? Du bist doch eigentlich gar koa Familienmensch ned!
Sepp:	Achwo, doch koa Familienfoto! I brauch doch koa Foto vo meiner Frau, i segs doch täglich live!
Kare:	Ja eben!
Sepp:	Naa, an neia Ausweis brauchma, weil da alte abglaffa is. Do segtmas wieder, wia schnell dass zehn Johr vorbei san! Wahnsinn!
Kare:	Do host du recht! Zehn Johr, des is praktisch nix mehr heitzudogs! Zack – und weg sans!
Sepp:	Owa wia mir gestern des erste mal seit zehn Johrn wieder beim Fotografen warn, do hob i mir denkt: Kruzenäsn, wia da Mensch aaf zehn Johr altert! Erschütternd!
Kare:	Echt? Warst do erschüttert? Ja, bei wem war dann de Alterung in de letzten zehn Johr so brutal? Bei dir oder bei deiner Frau?
Sepp:	Beim Fotografen!

Argumente

Sepp:	Omei, zur Zeit drahns wieder alle am Radl, weil in zwoa Wochen Kommunalwahlen san! Jeder will wos wern! Jeder Hanswurscht!
Kare:	Also i, i nimm fei des ned aaf die leichte Schulter! I informier mi do scho ausgiebig, i bin gewissenhaft!
Sepp:	Echt?
Kare:	Scho! I geh zu jedem Infostand vo jeder Partei und vo jeder Wählervereinigung und informier mi, wos de für Argumente ham!
Sepp:	Sauber! Und? Hams gscheide Argumente?
Kare:	Teils, teils! Also de Bürgerliste Fortschritt hod Schlüsselanhänger ghabt, de Junge Liste Kugelschreiber, d' CSU Butterbrezn und die Partei für Vernunft und Charakter …
Sepp:	Partei für Vernunft und Charakter? Gibts de aa?
Kare:	Freilich gibts de! D' Abkürzung is PVC! Bei denen hods Leberkaassemmeln gem. Des war für mi eigentlich des beste Argument, de wähl i!

Josefifrust

Sepp:	Es is a Kreiz! Heit is da 19. März und wos is? Gar nix is, ein Dreg is!
Kare:	Warum? Wos soll denn sei?
Sepp:	Wos sei soll? A Feierdog soll sei! Mensch Kare, heit is Josefi! Josefi!!! Du, des war früher oaner von de höchsten Feiertage des Jahres!
Kare:	Des stimmt! Jetza, wo du des sagst! I konn mi no guat erinnern! In meiner Kindheit, do san am 19. März praktisch in jedem Wirtshaus Josefifeiern gwen! Und de Seppen ham gemeinsame Wanderungen gmacht mit Umtrunk! Do is gsuffa worn und man hodse gegenseitig gratuliert, weil man ein Sepp is! Aso wars früher!
Sepp:	Genau! Aso wars! Und jetza? Alles vorbei! Keine Feier mehr, kein Umtrunk, nix!

Kare:	Weils koana Seppen mehr gibt! Du bist ja scho direkt ein Exot!
Sepp:	Des is ja des! Wennst als Sepp eine gefährdete Art bist, des is ein saudumms Gfühl, des konn i dir sogn!
Kare:	Und des alles wegen einem Buchstaben! D' Seppen san am aussterben, owa Deppen gaabs gnua!
Sepp:	Wie Sand am Meer!

Fasten strengt an

Sepp:	So, morgen is Karfreitag!
Kare:	Gottseidank!
Sepp:	Gottseidank? Warum gottseidank?
Kare:	In de letzten fünf Wochen war i aaf drei Bockbierfeste, drei Starkbieranstiche und vier Wurstbälle. Überall hods wos Fetts zum essen gem, dassma den Alkohol besser vertragt. Und i hob gscheit eineghaut, weil man will ja alkoholmäßig keine Probleme kriagn!
Sepp:	Logisch!
Kare:	Und drum bin i heilfroh, dass de Fastenzeit jetza vorbei is! Weil wenns no länger dauert hätt, dann hätts mi zrissn!

Traumpartie

Sepp:	Und? Alles klar soweit?
Kare:	Alles klar!
Sepp:	Aa familiär?
Kare:	Jaja, fehlt nix, alles im grünen Bereich! Im Gegenteil, mei Sohn, der hod jetza einen Riesentreffer gland!
Sepp:	Dei Sohn? Da Florian?
Kare:	Genau! Da Flori studiert doch in München.
Sepp:	Jaja, des woass i scho! A gscheida Bursch war er scho allaweil, da Flori!
Kare:	Des hod er vo mir! Auf jeden Fall, da Flori hod in München oane kennaglernt, mit dera geht er jetza scho vier Wochen. Eine absolute Traumpartie!
Sepp:	Echt? Is aso a Scheene?
Kare:	Des woass i ned, i hobs no ned gseng. Owa sie is auf jeden Fall eine Traumpartie!
Sepp:	Is so reich?
Kare:	Des woass i aa ned!
Sepp:	Des woasst aa ned? Ja, warum is dann de eine Traumpartie?
Kare:	Wega ihrem Papa!
Sepp:	Achso! Is der so reich?
Kare:	Des woass i aa ned. Owa er hod a Doppelgarage und bloß oa Auto! Jetza hod da Flori endlich an Parkplatz, und des in München!
Sepp:	Eine Traumpartie!

Der Fall Altmann

Richter:	So, ich rufe auf den Fall Altmann gegen Altmann bzw. Altmann gegen Müller in Sachen Namensänderung! Ich darf vorab bemerken, dass der Kollege, der den Fall eigentlich entscheiden hätte sollen, kurzfristig erkrankt ist. Ich bin für ihn eingesprungen und bitte, mir kurz zu erklären, um was es konkret geht.
Altmann:	*Steht erzürnt auf.* Weil des eine Sauerei is!
Richter:	Wer sind Sie?
Altmann:	Altmann! Alois Altmann! I bin da Kläger!
Richter:	Herr Altmann, mäßigen Sie sich bitte! Lassen Sie Ihren Anwalt sprechen und die Sache juristisch darlegen, um die es geht!
Altmann:	*Setzt sich wieder, ist aber immer noch erzürnt.* Weils wahr is! Der bläde Hund der!
Richter:	*Scharf:* Herr Altmann! Ich verhänge ein Ordnungsgeld von 50 Euro gegen Sie! Sie können doch den Beklagten nicht als blöden Hund bezeichnen! Schon gar nicht hier im Gerichtssaal! Frau Riebler, schreiben Sie bitte ins Protokoll: 50 Euro Ordnungsgeld verhängt gegen Herrn Altmann wegen Beleidigung des Beklagten! Er hat den Beklagten als blöden Hund bezeichnet.
Altmann:	Moment! I moan ja ned den Müller, i moan ja sein Hund!
Richter:	Seinen Hund?
Altmann:	Jawoll! Den Altmann, den Hund, den blädn!
Richter:	Sind Sie betrunken? Altmann sind Sie doch selber!
Altmann:	Des is ja des! Ich bin Altmann! Und drum bin ich dagegen, dass dem sei Hund aa Altmann is!
Richter:	*Verwirrt:* Was? Der Hund ist Altmann? Warum ist der Hund Altmann?
Anwalt:	Herr Richter, wenn ich Ihnen das vielleicht erklären dürfte …
Richter:	Sie sind der Anwalt?
Anwalt:	*Devot:* Jawohl! Wiesmeier-Sackl, Rechtsbeistand von Herrn Altmann! Herr Altmann, setzen Sie sich bitte und bewahren Sie Ruhe! Ich werde dem Hohen Gericht die Sachlage schildern.

Altmann:	Ja guat, dann schilderns! Aber lassens nix aus! Schilderns de ganze Sauerei! Weil des is eine einmalige Sauerei, weltweit einmalig! Sowas kann bloß dem eifalln! *Steht erneut auf.* Mei Frau is direkt scho ganz psychisch, so fertig macht de des! De wenn am Fernseh an Hund segt, dann zitterts scho, de is geschädigt! Bloß wega dem blädn Hund!
Anwalt:	Jetzt beruhigen Sie sich, Herr Altmann!
Richter:	Und setzen Sie sich bitte wieder!
Altmann:	*Setzt sich widerwillig.* Weils wahr is! *Ballt die Faust in Richtung Müller.*
Richter:	Also, bitte schön, Herr Biedermeier ...
Anwalt:	Wiesmeier-Sackl, euer Ehren, Wiesmeier-Sackl!
Richter:	Ach ja! Also, Herr Wiesmeier-Sackl, fahren Sie fort! Weil das würde mich jetzt schon interessieren, was das Ganze auf sich hat. Ich verstehe überhaupt nicht, um was es geht.
Anwalt:	Es geht um Folgendes, Herr Richter: Die Familien Müller und Altmann sind Nachbarn ...
Altmann:	Leider Gottes!
Müller:	Wenns nach mir gang, dann waarn mir keine Nachbarn ned!
Altmann:	Dann ziag halt weg! Und nimm dein verlausten Köter glei mit!
Müller:	Des daad dir so passen! I denk gar ned dro! Und mei Köter is nicht verlaust! Genau genommen is er gar koa Köter, sondern a Hund! Du brauchst zu mein Hund ned Köter sogn, du nicht!
Richter:	*Zornig:* Ruhe! Jetzt spricht der Anwalt des Klägers! Herr Wiesen ... äh, Herr Anwalt, bittschön!
Anwalt:	Also, wie gesagt, die Parteien Müller und Altmann sind langjährige Nachbarn. Beide bewohnen je ein Einfamilienhaus. Nun ist es leider so, dass die Herren Altmann und Müller seit geraumer Zeit unversöhnlich verfeindet sind ...
Altmann:	Wos hoasst do seit geraumer Zeit? Seit dem 4. Mai vor acht Jahren! An diesem unseligen Tag hod dem sei Sohn d' Huber Tamara gheirat, obwohl dass er mit meiner Tochter

verlobt war! Mei Tochter war so verzweifelt, dass sie spontan 34 Kilo zuagnomma hat und jetza bleibts über! Kein Gramm geht mehr weg!

Müller: Des wundert mi ned, dass de überbleibt! Mit dera Wampn mogs koaner! I sags oft zu mein Sohn: „Sei froh, dass du d' Kurvn no kriagt host! Jetza hättst sowos dahoam! Zwoa Zentn schlechte Laune!"

Altmann: Wenn dei Sohn einen Anstand hätt, dann hätt mei Tochter koa Wampn und koa schlechte Laune ned! Des is ein Kummerspeck!

Müller: A Wampn is des und aus! Koa Disziplin hods ned!

Richter: *Scharf:* Ruhe jetzt! Der Herr Anwalt spricht und sonst niemand, solange ich es nicht sage! Herr Ding, bitte fahren Sie fort! Was spielt jetzt dieser ominöse Hund für eine Rolle? Was hat es mit diesem auf sich?

Altmann: *Steht schon wieder auf.* Des is der Gipfel der Unverschämtheit, des mit dem Hund! Der Gipfel der Unverschämtheit is des! Mit dem Hund des!

Richter: *Schreiend:* Ruhe! Verdammt nochmal!

Müller: Do sengses, Herr Richter! Do sengses, wos der Altmann für ein Mensch is! Keine Disziplin! Wia sei Tochter! Drum frisst de Dog und Nacht! Der Apfel fällt nicht weit vom Stamm!

Richter: Ruhe! Das gilt auch für Sie, Herr Müller!

Anwalt: Danke, euer Ehren! Also, der damalige Vorfall, dieses gebrochene Eheversprechen ...

Altmann: 34 Kilo! Vier – und – dreißig Kilo! Des san 68 Pfund! Und dem sei Herr Sohn is schuld! De is schwaarer wia ihra Muada! Und de is scho ned leicht!

Richter: Herr Altmann! Setzen Sie sich und kein Wort mehr!

Altmann: *Bockig:* Is scho guat!

Anwalt: Also dieses gebrochene Eheversprechen war der Beginn einer Serie von gegenseitigen Gehässigkeiten und Gemeinheiten.

Müller: *Meldet sich brav:* Derf i wos sogn, Herr Richter?

Richter: Jetzt spricht der Herr Anwalt!

Müller: Bloß zur Erläuterung! Dass Sie wissen, was Sache is.

Richter: Gut, aber fassen Sie sich kurz!

91

Müller:	Er do *deutet auf Altmann* hat in den Büstenhalter meiner Frau, welcher zwecks Trocknung auf der Wäscheleine in meinem Garten sich befand, ein Juckpulver hineingetan!
Altmann:	Des kannst du nicht beweisen!
Müller:	*Aggressiv:* Wer solls denn sunst gwen sei!? I wars ned! Auf jeden Fall, Herr Richter, es war für meine Frau, speziell für ihre zwei Brüste, ein Martyrium! Die hat einen dermaßen Juckreiz ghabt, de waar bald narrisch worden! Und meine Frau hat Doppel-D! Da könnens Ihnen vorstellen, was da für eine Juckfläche vorhanden is!
Altmann:	De sollse ned so haben!
Müller:	Ich habe meiner Frau drei Tage und vor allem Nächte nicht an die Brust hinlangen dürfen, so sensibel war der gesamte Bereich! Des is nicht einfach für einen gesunden Mann!
Altmann:	I möcht deiner Frau gar ned an die Brust hilanga!
Müller:	Des daad i dir aa ned raten!
Richter:	Ruhe jetzt! Es geht heute nicht um eine Brust, sondern offenbar um einen Hund! Herr Anwalt, bitte!
Anwalt:	Wie gesagt, die gegenseitigen Gemeinheiten steigerten sich in Quantität und Qualität! Der vorläufige Gipfel ist nunmehr durch das erreicht, was sich Herr Müller erlaubt hat und was der Gegenstand der heutigen Verhandlung ist.
Altmann:	Jetzt passens auf, Euer Gnaden, jetzt kimmts! Jetzt kimmt die Sauerei!
Richter:	Da bin ich aber gespannt! Was hat Herr Müller sich erlaubt, Herr Anwalt?
Anwalt:	Er hat sich vor vier Monaten einen Hund gekauft!
Müller:	*Mit gespielter Empörung:* Darf man sich keinen Hund nicht mehr kaffa oder was? Mir haben eine Demokratie! Ein Hund ist ein Grundrecht!
Richter:	Schweigen Sie, Herr Müller!
Altmann:	*Zu Müller:* Schweig, wenn mei Anwalt spricht! Gell, Herr Richter?
Richter:	Ich sage, wer hier schweigt, Herr Altmann! Nicht Sie!
Altmann:	Ja eben! Und Sie ham gsagt, er soll schweigen!
Richter:	Genau!

Altmann:	Eben!
Anwalt:	Der Kauf eines Hundes ist ja an sich noch kein Problem.
Müller:	Ja eben! Was wollts denn dann? An Hund ham mehra! Herr Richter, ham Sie einen Hund?
Richter:	*Überrascht:* Nein, ich nicht! Ich habe eine Katze und einen Papagei! *Verärgert:* Aber das tut jetzt nichts zur Sache! Wie kommen Sie dazu, mich nach meinen Haustieren zu fragen!
Altmann:	Genau! Schweig, Müller!
Anwalt:	Was aber die Hinterlist war und was offenbar schon beim Hundeerwerb geplant war und was bei meinem Mandanten das Fass zum überlaufen brachte: Herr Müller nennt seinen Hund „Altmann"!
Altmann:	*Laut und mit erhobenem Zeigefinger:* Altmann! Altmann! Sie täuschen Ihnen nicht, Herr Amtsrichter: Altmann! Der Hund hoasst tatsächlich Altmann!
Müller:	I kann mein Hund nennen wia i will!
Altmann:	*Zornig:* Aber koa Hund auf dera Welt hoasst Altmann!
Müller:	Meiner scho!
Richter:	Naja, besonders sensibel ist das nicht, wenn Sie den Hund, der ja doch ein untergeordnetes Lebewesen ist, so nennen wie ihren Nachbarn! Aber einen Grund, vor Gericht zu gehen, sehe ich darin beim besten Willen eigentlich nicht.
Altmann:	Beim besten Willen vielleicht ned, aber der Müller, der hat nicht den besten Willen, sondern den schlechtesten! Derf i jetza was sagen, euer Eminenz?
Anwalt:	Ja, Herr Richter, ich stelle den Antrag, dass mein Mandant aus eigener Erfahrung dem hohen Gericht berichten darf. Damit Sie es plastisch und aus erster Hand hören, wo der eigentliche Kern des Problems liegt.
Müller:	*Bockig:* I kann meinen Hund nennen, wie es mir beliebt! Weil da gibt es keine Vorschriften! Wo steht des, dass i mein Hund zum Beispiel ned „Seehofer" nennen derf?
Richter:	Seehofer?
Müller:	Bloß als Beispiel! Streibl, Strauß, Beckstein, is ja wurscht!
Richter:	Mäßigen Sie sich! Bringen Sie nicht den bayerischen Ministerpräsidenten ins Spiel! Der hat ja nun mit Ihrem Streit überhaupt nichts zu tun!

Müller:	Des war ja bloß a Beispiel! Zur Veranschaulichung!
Richter:	Und außerdem habe ich jetzt nicht Ihnen das Wort erteilt, sondern Herrn Altmann! Herr Altmann, berichten Sie bitte!
Altmann:	*Selbstbewusst:* Genau, i bin dran! Also, Herr Richter, des is scho losganga, wia der Hund no ganz jung war, erst einige Tage und natürlich noch ned stubenrein. Da habe ich genau gehört, wia der Müller zum Postbot, also zum Briefträger praktisch, gesagt hat, ganz laut: „I werd mit dem Altmann no narrisch! Der bläde Hund brunzt mir des ganze Haus voll!" Zu diesem Zeitpunkt hat der Briefträger noch ned gewusst, dass der Müller einen Hund besitzt! Demgemäß hat er davon ausgehen miassn, dass i des bin! Stellns Ihnen des vor, euer Hoheit, wos des bedeit! Wenn eine Amtsperson wie ein Postzusteller von Ihnen die Meinung besitzt, dass Sie in ein fremdes Wohneigentum hineinschiffen! Des daad Eahna aa ned passen! Wie hoassn Sie, Herr Richter?
Richter:	*Perplex:* Äh …, Weber, Richard Weber.
Altmann:	Jetzt stellns Eahna vor, i daad zu Ihrem Nachbar sagen: „Der Weber brunzt mir mein ganzes Haus voll!" Daad Eahna des passen?
Richter:	*Erbost:* Sagen Sie mal, sind Sie verrückt? Was hat das mit mir zu tun?
Altmann:	Bloß als Beispiel!
Richter:	Ich verbitte mir das! Und die Fragen stelle hier ich! Fragen Sie mich nichts mehr! Schon gar nicht nach meinen Personalien! Nicht zu fassen!
Müller:	Derf i jetza aa wos sagen?
Richter:	Meinetwegen!
Müller:	Was kann denn ich dafür, wenn mein Hund alles markiert? Des is bei denen ein angeborenes Revierverhalten. Da kann i nix dafür und da Altmann aa nix, weil er ein Hund is und instinktmäßig handeln muass! Der kann ned anders!
Altmann:	Sengses, Eure Heiligkeit, sengses? Jetza red er aso, als daad er den Hund moana! Owa beim Postbot hod er so gred, als daad er mi moana. I hab doch des gemerkt, i bin doch ned blöd! I hob doch ganz genau registriert, wie angewi-

dert mich der Briefträger an dem Tag gemustert hat! Der is davon ausgegangen, dass i in dem Müller seinem Haus herumbrunze! Sowas merkt man doch, was ein Postbote von einem hält! Dieser Postbote hat keinerlei Respekt mehr vor mir gehabt, i hab des gsespürt, des herablassende, ja fast mitleidige Geschau!

Richter: Ach du meine Güte! Das ist natürlich schon eine verzwickte Sache!

Altmann: Des is keine verzwickte Sache, eure Hoheit, des is eine üble Nachrede! Ich daadert ja ned einmal in meinem eigenen Haus außerhalb der dafür vorgesehenen Toilette urinieren! Fragens meine Frau, ich setz mich sogar hin, weil sie mich sonst tadelt! Geschweige denn, dass ich in dem seinem Haus, das wo ich nicht einmal betrete, urinieren täte!

Müller: I hob mein Hund gmoant und ned di, geht des ned in dein Schädl eine?

Altmann: In den meinen vielleicht scho, owa in den Postboten seinen nicht! Der moant, i bin a glatte Sau! Und ein bläder Hund darüberhinaus! Nein, i gib ned nach, Herr Präsident, i besteh auf übler Nachrede!

Anwalt: Und damit nicht genug, Herr Richter! Es wurde noch schlimmer! Erzählen Sie, Herr Altmann, erzählen Sie!

Altmann: *Immer erregter:* Mir is direkt peinlich, aber jetza muass alles aufs Tablett! Herr Richter, des mit dera Brunzerei, des war bloß der Anfang! Eines Tages sans zum Einkaufen gfahrn, er und sei Alte ...

Müller: Obacht, gell! Dua du mei Gattin ned als Alte bezeichnen!

Altmann: Wieso ned? Du sagst doch aa Alte zu ihr!

Müller: Ja i! Weils mei Alte is! Owa deine ned!

Altmann: Gott bewahre! Also, er und seine Gattin san zum Eikaffa gfahrn und haben den Hund, der zwar nimmer ganz klein, aber immer noch stark minderjährig und exkrementmäßig desorientiert war, allein daheim gelassen. Der Hund, vermutlich ohne böse Absicht, ist im Garten herumgesaust und hat dann aus einem Bedürfnis heraus just vor der Haustür der Müllers seine große Notdurft verrichtet. Für sein Alter übrigens ein bemerkenswerter Haufen! Dies bloß nebenbei!

Richter:	Das kann vorkommen!
Altmann:	Natürlich kann des vorkommen, da sag i ja nix! Wobei ich im Nachhinein den Verdacht hege, dass der Hund absichtlich vorher mit Nahrung vollgestopft wurde damit sein Stuhldrang extrem war. Wie bereits erwähnt, war die Menge des Kotes enorm!
Müller:	Das ist eine Unterstellung!
Altmann:	Des is jetza wurscht! Aber: Wie der Müller vom Einkaufen heimgekommen ist und den Haufen vor der Haustür erblickt hat, hat er sofort zu dem Nachbarn auf der anderen Seiten, zum Finanzobersekretär Pfeiffer, gesagt: „Glaubstas, es is nicht zu fassen! Kaum bist du aus dem Haus, scheißt dir der Altmann vor die Haustür hin!" Ich habe es genau gehört, weil ich bin zu diesem Zeitpunkt auf der Terrasse gelegen und habe Überstunden abgefeiert! Ich füge hinzu, dass ich den Eindruck hatte, dass Herr Müller den Haufen geradezu herbeigesehnt hat, um ihn ins Gespräch zu bringen!
Richter:	Also Herr Müller, da muß ich schon sagen: Bei aller Feindschaft, sowas macht man nicht!
Müller:	I hob ja den Hund gmoant!
Altmann:	*Erregt:* Den Hund gmonat, den Hund gmoant! Und warum hast du des dem Obersekretär Pfeiffer ned gsagt, dass du den Hund moanst? Im Gegenteil, Hochwürden, im Gegenteil! Selbst auf die Nachfrage vom Herrn Pfeiffer hat er die Sache nicht aufgeklärt, obwohl da die Gelegenheit bestanden hätte! Weil ich habe es doch gehört! Der Herr Obersekretär Pfeiffer hat perplex gefragt: „Ehrlich? Der Altmann? Der hat Ihnen vor die Haustüre geschissen? Das hätte ich von dem nie erwartet!" Wissens, was der Müller dann gesagt hat? Wissens, was der gesagt hat, der ... der Terrorist?
Müller:	Frau Dübel, schreibens des ins Protokoll eine, dass der Terrorist zu mir gsagt hat!
Riebler:	Ich heiße Riebler, nicht Dübel!
Müller:	*Unwirsch:* Egal, schreibens des eine!
Richter:	*Empört:* **Ich** sage der Frau Riebler, was ins Protokoll kommt und was nicht! Geben Sie bitte der Protokollführerin keine Anweisungen! Wo sind wir denn!

Müller:	Aber ich muss doch ned dulden, dass der mich einen Terroristen heißt! Ich bin doch koa Al Kaida ned oder wos!
Richter:	Ruhe jetzt! Also, Herr Altmann, was hat Herr Müller zum Nachbarn Pfeiffer gesagt?
Altmann:	Der hat gesagt, und ich habe es mit eigenen Ohren von der ca. 12,80 Meter entfernten Terrasse gehört: „Herr Pfeiffer, da kennen Sie den Altmann schlecht! Der schaut Ihnen mit seinem treuen Hundeblick an und kaum sind sie aus dem Haus, brunzt er Ihnen die Bude voll und scheisst Ihnen vor die Tür! So einer ist der Altmann!" Das hat der zum Obersekretär Pfeiffer wörtlich gesagt! Ich schwöre es bei der Gesundheit meiner Schwiegermutter!
Müller:	Jetzt haben Sie es selber gehört, Herr Scharfrichter! Ich habe gesagt „mit seinem treuen Hundeblick"! Des is doch eindeutig ein Indiz, dass i den Hund gemoant habe, oder?
Altmann:	Aso ein Schmarrn! Des is doch eine reine Schutzbehauptung! Ein Mensch kann doch auch einen treuen Hundeblick haben!
Müller:	Du ned!
Altmann:	Auf jeden Fall hat der Obersekretär Pfeiffer hundertprozentig gmoant, dass i vor de Haustür hingeschissen habe! Eindeutig! Der hat mich in den Tagen drauf nur widerwillig gegrüßt! Sowos spürtma doch!
Richter:	Jetzt würde ich mal grundsätzlich darum bitten, dass Sie vor Gericht nicht ständig solche vulgären Worte gebrauchen!
Riebler:	Aber wirklich! Ich wollte schon fragen, euer Ehren: Soll ich in das Protokoll tatsächlich schreiben „hingeschissen" und „vollgebrunzt"? Ich möchte betonen, dass das nicht mein Wortschatz ist und dass ich so etwas ungern in ein Protokoll schreibe, das ich als Protokollführerin abzeichnen muss!
Richter:	Da haben Sie recht, Frau Riebler, da haben Sie vollkommen recht! Schreiben Sie bitte „die große Notdurft verrichtet" und „willkürlich uriniert"!
Altmann:	Aber des gibt nicht die Tatsachen wieder! Weil er hod eindeutig „gschissn" gsagt und …
Richter:	Herr Altmann!

Altmann:	I sag bloß. Er hods gsagt! Eindeutig!
Müller:	Ich hab mir nix zu Schulden kommen lassen und aus! Wenn mein Hund solcherne Sauereien macht, dann derf ich des anderen Leuten erzählen! Wir haben eine Meinungsfreiheit in Deutschland, sogar in Bayern! Und wie ich meinen Hund nenne, des is mei Grundrecht! Wo samma denn!
Richter:	Das mag schon sein! Aber Sie müssen schon zugeben, dass das zu peinlichen Missverständnissen führen kann. Und dass diese nicht angenehm für Herrn Altmann sind!
Altmann:	*Empört:* Nicht angenehm? Nicht angenehm? Rufschädigend und sozial ausgrenzend is des! I bin gesellschaftlich erledigt! Die Leute moana, i bin ein Saubär an sich! I schiff und kack alles voll! Und des is ned alles! Des vom Altmann sein Schwanz, des mag i in Gegenwart einer Dame gar ned sagen!
Riebler:	Na, da bin ich Ihnen aber wirklich dankbar!
Altmann:	Obwohl er es gsagt hat zu dem UPS-Fahrer!
Richter:	Was gesagt?
Riebler:	Euer Ehren, bitte nicht!
Richter:	Doch, das möchte ich jetzt schon wissen! Frau Riebler, bei allem Verständnis, aber Sie haben sich anzuhören, was hier gesprochen wird und Sie haben das zu protokollieren!
Riebler:	*Beleidigt:* Gut, ich tue das! Aber unter Protest!
Richter:	Gut, dann meinetwegen unter Protest. Also, Herr Altmann: Was hat Herr Müller zum Paketausfahrer gesagt?
Altmann:	Eines Tages, es hatte circa 27 Grad im Schatten …
Richter:	Die Temperatur tut jetzt nichts zur Sache!
Altmann:	Eben schon! Also, es hatte circa 27 Grad im Schatten und wir waren nicht daheim und der Paketausfahrer hätte ein Paket bei uns abliefern wollen.
Müller:	Weil ihr allaweil ned dahoam seids!
Altmann:	Des is mei Sach, ob i dahoam bin oder ned! Auf jeden Fall, Herr Geheimrat, hat der Paketmensch in Unkenntnis unserer Feindschaft das Paket beim Müller abgegeben und gesagt, dass das für den Herrn Altmann ist. Und dann hat der Müller zum Packerlmensch gesagt, dass ein schönes Wetter ist. Absichtlich hat er das gesagt!

Müller:	So ein Schmarrn! Derfma des ned sagen oder wos?
Altmann:	*Laut und aggressiv:* Du hast des bloß gsagt, dass des Thema auf des schöne Wetter kimmt. Weil dann, Herr Richter, wissen Sie, was er dann gsagt hat? Ich kann es beweisen, weil der Packerlmensch hat es mir einige Tage später grinsend berichtet, weil er gemeint hat, es geht um mich!
Richter:	Jetzt bin ich aber direkt neugierig. Was hat denn der Herr Müller zum Paketauslieferer gesagt?
Altmann:	Wie gesagt, nachdem das der Packerlmensch erwähnt hat, dass bei Altmann keiner aufmacht, hat Müller gesagt, dass ein schönes Wetter ist. Und dann hat er gesagt, dass der Altmann bei schönem Wetter oft hinten im Garten liegt und sein Schwanzl in die Sonne hält, weil ihm das gefällt! Stellen Sie sich das vor! Stellen Sie sich einmal vor, was der Packerlmensch von mir denkt! Und der Begriff „Schwanzl", diese Verniedlichungsform, ist allein schon eine üble Nachrede, anatomisch gesehen!
Müller:	Herr Richter, diese Anschuldigung ist ein reiner Schmarrn! Weil es is die blanke Wahrheit, dass der Altmann das gern tut! Fragens meine Frau, die ist draußen als Zeugin verfügbar, auf Abruf! Oft hat sie scho gsagt: „Schau no grad ausse, wie er wieder sein Schwanzl in d'Sun halt, unser Altmann!" Ja, derf man denn eine liebe Angewohnheit eines Haustieres einem Packerlmann ned erzählen? Ich frage Sie!
Richter:	Also Herr Müller, ich denke, Sie wissen ganz genau, was Herr Altmann meint!
Müller:	Mit Verlaub, euer Hoheit: Mir ist es wurscht, was der Altmann meint!
Altmann:	Aber mir ned!
Richter:	Herr Altmann, ich muss Sie aber trotz allem fragen: Was bezwecken Sie mit Ihrer Klage? Was erwarten Sie denn vom Gericht? Für eine Verurteilung sehe ich beim besten Willen keine juristische Grundlage.
Altmann:	Ich beantrage eine Namensänderung für den Hund! Ich wünsche, dass dem Müller gerichtlich untersagt wird, dass er seinen Hund Altmann nennt!
Richter:	Aber Herr Altmann! Das geht doch nicht!

Altmann:	Jetza sagen Sie es, Herr Justizminister! Das geht doch nicht, dass der seinen Hund Altmann nennt!
Richter:	Nein, ich meinte, dass es nicht geht, dass ein Gericht jemandem verbietet, seinen Hund Altmann zu nennen oder Meier oder Huber!
Altmann:	Meier oder Huber derf er den Hund ja nennen, des waar mir wurscht!
Müller:	Meier oder Huber! So ein Schmarrn! Mei Hund hoasst Altmann und aus! Der is ja jetza scho aaf Altmann dressiert. Aaf Meier oder Huber daad der gar ned reagiern! I wenn sagen daad: „Huber! Platz!", des waar dem wurscht! Der hockert sich ned hi! Hundertprozentig!
Altmann:	Der hockt sich so und so ned hi, weil des vo Haus aus a bläder Hund is!
Richter:	Herr Altmann, ich muss Ihnen leider raten, Ihre Klage zurückzuziehen. Ich kann Ihrem Nachbarn beim besten Willen nicht verbieten, seinen Hund Altmann zu nennen!
Müller:	*Schadenfroh:* Ällabätsch! Do wird er sich gfrein, unser Altmann! Do kriegt er heit ein Extra-Wurschti, wenn i hoamkimm! Do sag i dann zu eam: „Schau her Altmann, da host ein Wurschti, du verfressner Pinscher du!"
Richter:	Übertreiben Sie es nicht, Herr Müller! Übertreiben Sie es nicht!
Müller:	Ja, is scho recht! I moan ja bloß! Wenn sich oa Altmann so ärgert, dann soll der andere Altmann wenigstens a Freid haben über ein Wurschti!
Altmann:	Do hörnses, Herr Richter! Diesen Hohn! Also dann möcht i wenigstens, dass dem Müller untersagt wird, dass er öffentlich behauptet, dass der Altmann vor seine Haustür scheißt! Weil damit impliziert wird, ich hätte geschissen!
Riebler:	Um Gottes Willen! So einen Prozess habe ich noch nie erlebt! Dermaßen fäkal!
Richter:	Das kann ich ihm auch nicht verbieten, Herr Altmann! Wenn der Hund sein großes Geschäft vor der Haustüre verrichtet, dann darf doch Herr Müller darüber berichten!
Müller:	Ja eben! Des san Tatsachen! Sie hätten den Haufen sehen sollen, Herr Richter! A Pfund wars locker! Sollte es wieder der Fall sein, könnens Ihnen des gerne anschauen! Ein

	Bild sagt mehr als 1000 Worte!
Riebler:	Um Gottes und Christi Willen! Sowas habe ich wirklich noch nie erlebt!
Richter:	Herr Müller, ich glaube es Ihnen auch so, dass der Haufen groß war. Ich habe kein Bedürfnis, dies durch Ortseinsicht festzustellen! Ihnen, Herr Altmann, kann ich nur raten, die Klage zurückzuziehen! Die Gerichtskosten müssten allerdings dann Sie tragen!
Altmann:	Wiaviel waar nacha des?
Richter:	Naja, der Streitwert dürfte nicht all zu hoch festzusetzen sein ... äh, mit so circa 400 Euro müsste der Fall erledigt sein.
Altmann:	*Zum Anwalt:* Wos moana nacha Sie, Herr Wiesmeier-Sackl?
Anwalt:	Unter den geschilderten Gesichtspunkten würde ich Ihnen raten, die Klage zurückzuziehen!
Altmann:	Ja guat, in Gottes Namen, dann ziages zruck! Und de 200 Euro konn i mir dann scho no leisten!
Richter:	Ich sagte aber 400 Euro!
Altmann:	De moan i ned! I moan de 200 Euro, für de i mir aus dem Tierheim an Hund hol! Den greislichsten, den stinkertsten und den blädsten, den wos ham! Und Sie kinnan Eahna sicher vorstelln, Herr Richter, wia der Hund dann hoassn wird!

Es kommt ja öfter vor, dass man unfreiwillig ein Telefongespräch mithört: Im Auto, im Bus, in der U-Bahn, im Cafe oder auf der Bank im Park – im Handyzeitalter wird immer, überall und begeistert telefoniert. Meist hört man nicht oder nur ganz kurz hin, weil es erstens nicht schicklich und zweitens uninteressant ist. Verabredungen, Geschäftsverhandlungen, wahrhaftige und verlogene Liebesschwüre oder der Austausch von Rezepten und Gerüchten – wen juckts! Man hört ja sowieso immer nur die eine Hälfte des Gesprächs, die andere Hälfte kann man sich höchstens zusammenreimen anhand dessen, was man von der hörbaren Hälfte mitbekommt.

Man kann sich allerdings auch etwas völlig falsches zusammenreimen! Das folgende Telefongespräch habe ich selbst in einer Arztpraxis, in der ich nicht aufgrund einer Krankheit, sondern auf Befehl meiner Frau („es wird Zeit für an Check!") weilte. Ich war genau so geschockt wie alle anderen, die im Wartezimmer anwesend waren, weil wir das, was am anderen Ende des Telefons gesprochen wurde, nicht gehört haben und aus den für uns hörbaren Antworten des Arztes die völlig falschen Schlüsse gezogen haben. Um was es damals in diesem Gespräch ging, habe ich erst später vom Arzt selbst erfahren. Sie, liebe Leser, erfahren es schon heute, weil ich das Gespräch in seiner Gesamtheit, also auch mit dem damals für uns nicht hörbaren Teil, aufgeschrieben habe.

Stellen Sie sich bitte folgende Situation vor:

Das Wartezimmer ist voll besetzt, das Praxistelefon läutet, die Sprechstundenhilfe hebt ab und sagt dann: „Für Sie, Herr Doktor!"

Was wir alle, außer der Sprechstundenhilfe und dem Arzt, nicht ahnen konnten: Am anderen Ende war die Tochter des Arztes, die ihn wegen eines häuslichen Zwischenfalls befragen wollte. Wir armen Wartezimmerinsassen, die wir nur die Bemerkungen des Arztes gehört hatten, waren total schockiert über den

Horror-Arzt

Tochter:	Hallo Papa, hast du grade Zeit?
Arzt:	Eigentlich habe ich keine Zeit, die Praxis ist voller Leute! Was ist denn?
Tochter:	Draußen auf der Terrasse liegt ein Vogel! Der ist gegen die Scheibe vom Wintergarten geflogen!

Arzt:	Ja wie kann man denn so blöd sein? Ist er verletzt?
Tochter:	Weiß auch nicht.
Arzt:	*Äfft sie nach:* Weiß auch nicht! Das sieht man doch, ob er verletzt ist! Wo liegt er genau?
Tochter:	Draußen, auf der Terrasse, direkt vorm Wintergarten.
Arzt:	Auf der Terrasse liegt er! Na super! Ich hab sie gestern erst geputzt! Rührt er sich noch?
Tochter:	Also ich seh nix.
Arzt:	Weil wenn es den da voll drangehauen hat, dann ist ein Genickbruck auch möglich, dann hat er eh keine Chance mehr! Dann kannst ihn gleich liegenlassen. Aber da ist dann bestimmt wieder so ein häßlicher Blutfleck auf dem Pflaster! Mich nervt das!

Einige Wartezimmerinsassen werfen sich ebenso ungläubige wie vielsagende Blicke zu.

Tochter:	Was soll ich denn jetzt machen? Vielleicht lebt er ja doch noch.
Arzt:	Dann geh mal hin und schau, ob er verletzt ist! Ganz fit kann er ja kaum sein, sonst würde er nicht auf der Terrasse liegen!
Tochter:	Aber anlangen tu ich ihn nicht! Das kann ich nicht!
Arzt:	Was heißt „anlangen tu ich ihn nicht"? Sei nicht so empfindlich! Ich hab vor zwei Wochen einen angelangt, der hatte keinen Kopf mehr!
Tochter:	Pfui Teufel!
Arzt:	Da wäscht man sich danach die Hände und aus! Also gut, wenn du ihn partout nicht anlangen willst, dann stoß mal mit dem Fuß dran, ob er reagiert!
Tochter:	Mit dem Fuß? Meinst nicht, dass ihm das weh tut?
Arzt:	Wenn er bewusstlos ist oder schon hin, dann spürt er eh nix, und wenn nicht, dann rührt er sich und du weißt, dass er noch lebt! Jetzt hau mal dran mit dem Fuß und sag mir, was passiert! Ich geh davon aus, dass der eh hin ist!
Patientin A:	*Leise zu Patientin B:* Is der immer so? I bin heut des erste Mal da und direkt a weng schockiert! Des is fei scho

	sehr grob, wia der red! „Ich geh davon aus, dass der eh hin ist!", – sowos sagtma doch als Doktor ned!
Patientin B:	*Auch leise:* Normal is der ned so! Also normal is der ganz normal!
Tochter:	Komm halt bitte kurz heim, Papa und schau ihn dir an! Du bist doch Arzt!
Arzt:	Spinnst du? I kann doch jetza ned weg! Bloß weil der auf der Terrasse liegt und eventuell verletzt is! Hätt er aufpasst, der Depp! I renn aa ned einfach an eine Glasscheibe dro! Da muassma halt a bissl aufpassn!
Patientin A:	*Leise zu Patientin B:* In a Glasscheibn is wer drogrennt!
Patientin B:	Jaja, i hobs scho ghört! Scheinbar mit Wucht, weil jetza liegt er verletzt auf der Terrasse!
Patient C:	Sowos konn dumm ausgeh!
Tochter:	Und wenn er stirbt?
Arzt:	Ja und? Wenn er stirbt, dann stirbt er halt! So schlimm is des aa wieder ned! Einer mehr oder weniger, des spielt doch keine Rolle! Gibt eh jede Menge!
Patientin A:	*Ängstlich:* Also, Herr Doktor, wega mir könnens fei scho weg zum Notfall! I hab Zeit, weil bei mir is bloß wegen dem Harndrang in der Nacht! Der lafft uns ned davo, der is morgen aa no do!
Patientin B:	Also bei mir is aa ned schlimm! Wega mir könnens ruhig weg!
Arzt:	I fahr doch da jetza ned extra hi, bloß weil de anruft! De ruft öfter wegen so einem Schmarrn an! Ich weiß ja überhaupt ned, ob der noch lebt! Stellns Ihnen vor, ich fahr da hin und dann is der hin! Außer Spesen nichts gewesen! Ich kann nichts abrechnen! *Lacht.* Weil krankenversichert ist der nicht!
Patientin A:	Ja, aber des kann man doch nicht wissen!
Arzt:	In dem Fall schon! Ja glauben denn Sie, des is der erste Fall in der Art? Letztes Jahr hats insgesamt drei derbröselt! Da kann man doch ned wegen jedem einzelnen kein solches Brimborium veranstalten! Im Garten vergraben und aus! In einem Garten ist Platz genug! So ein schöner Wintergarten, wo des Essen am Tisch steht, der lockt dieses Gschwerl natürlich an! Die meisten ver-

	schwinden ja wieder, aber manchmal erwischt es halt einen! Ich sag immer: „Eben fraß er noch mein Brot – und jetzt ist er tot!" *Lacht.* Spaß muß sein, oder?
Tochter:	Papa, bist du noch dran? Mit wem redest du denn die ganze Zeit?
Arzt:	Ich rede mit meinen Patienten!
Tochter:	Kommst du jetzt oder nicht?
Arzt:	Nein, ich komme nicht! Lass ihn einfach liegen, wenn du ihn nicht anfassen willst! Ich komm abends kurz nach sechs nach Hause. Wahrscheinlich ist er dann eh schon hin, wenn er es nicht schon jetzt ist, dann vergrab ich ihn im Garten wie den letzten! Und wenn er Glück gehabt hat und durchkommt, dann ist er bis abends eh verschwunden! Und jetzt muss ich aufhören! Und bitte ruf wegen so einer Kleinigkeit nicht wieder in der Praxis an! Die Patienten schauen schon ganz komisch! *Legt auf.* So, wer ist der Nächste?
Patientin 1:	*Völlig verstört:* Mir fallt grad ei, i muass dringend no zur Post, bevor de zuamacht! I kimm dann a anders Mal! Wiederschaun!
Patientin 2:	Jessas naa, und i hab mei Parkscheibe ned eigstellt! Wartens, i kimm mit!

Beide verlassen, begleitet von ängstlichen Blicken der anderen Wartezimmerinsassen, die Praxis. Eine ältere Patientin (3), die die ganze Zeit geschlafen hatte und vom Telefongespräch nichts mitbekommen hat, schreckt hoch und sieht sich um.

Patientin 3:   Äh, bini scho dran?

Alle anderen bestätigen ihr, obwohl es nicht stimmt, dies mit freundlichem Zunicken und Patientin 3 geht mit dem Arzt in das Behandlungszimmer, begleitet von den erleichterten und teilweise schadenfrohen Blicken der anderen Anwesenden.

Frühstück im Hotel

Mir Deitsche, mir san scho komische Leit! So ungesellig, jeder für sich, lauter Einzelkämpfer, verbissen, neidisch! Also i ned, i bin mehr locker, großzügig! Owa de andern Deitschn: Lauter Büffeln! Der Italiener zum Beispiel, der is gesellig! Der is koa Einzelgänger, der is meistens im Plural, de san zu mehra. De sitzen dann zamm und ham ein Gaudi, sogar wenns nüchtern san! De gfreinse über alles: Nudeln, Fußball, Frauen, einfach über alles! Und obwohls bloß kloane Auto ham, sitzen immer mindestens vier drin. Oder fünf, wenn d' Oma no lebt.

Bei de Japaner is des no krasser! De san nur busweise unterwegs. Bei denen langt d' Verwandtschaft nimmer, bei denen brauchts mindestens 40 Kollegen, dass sich a Japaner ned einsam fühlt. Und als Beweis für alle Japaner, de dahoam bliem san, weil da Bus scho voll war, fotografiert der Japaner im Ausland alles, wos er dawischt: Neuschwanstein, d'Loreley und sich selber im Hofbräuhaus oder beim Biesln am Oktoberfest.

Da Deitsche, der is anders: Da Deitsche, der will sei Ruah! Also, der normale Deitsche – der Rheinländer is ja im Karneval ned normal, der is do psychisch ned zurechnungsfähig. Der lacht dann über jeden Schwachsinn und schunkelt und schreit ununterbrochen „helau" oder „alaaf". Owa des peinliche Verhalten is temporär, ab Aschermittwoch is aa der Rheinländer wieder normal, relativ.

Grundsätzlich meidet da Deitsche Kontakt, sei es sprachlich oder gar körperlich. Diese Umarmerei und Druckerei, des ham Frankreich-Urlauber eigschleppt und jetza is des ganze Land verseucht mit dem körperlichen Zeig!

Böse Zungen behaupten ja, mir Oberpfälzer san noch gschreckter als normale Deitsche! Und noch seltsamer!

Des is ein Schmarrn! I bin ja des beste Beispiel, dass mir Oberpfälzer souverän und weltoffen san, auch in der Fremde!

I hob letzdings im Hotel übernachtet, nördlich der Mainlinie und westlich vo Frankfurt, also extrem weit weg von der Oberpfalz.

I geh nach den üblichen Morgentätigkeiten (Wetterbericht am Fernseh oschaun, Chips aus da Zimmerbar essen) in den Frühstücksraum, schau, und was sehe ich? Eine typisch deitsche Situation: An jedem Tisch sitzt genau 1 Mensch! Des is Taktik, aso is der Deitsche! De machen des bloß, dass ja mit keinem andern reden miassn! So san de, ganz seltsam, de ham eine Kontaktangst, dass es nicht zum glauben is! Glücklicherweise is no oa Tisch komplett frei und und i brauch mi ned zu so einem kontaktgestörten Deppen hisetzn! Weil do bin i liawa alloans, bevor i mit so einem Sonderling reden muass!

I setz mi an den freien Tisch und sondier die Lage: Frühstücksbüffett, gottseidank! Dann kimmt wenigstens koa Bedienung und fragt mi, ob ich „gut geschlafen habe"! I hass des! Zu früh gfreit! Scho kimmt oane daher! „Schönen guten Morgen! Haben Sie gut geschlafen?" Zenalln, de soll mir mei Ruah lassen! „Danke", sog i, „is scho ganga!"

„Ihre Zimmernummer bitte!"

De sagt des dermaßen laut! De hod überhaupt keine Dezenz, de Zenz! Alle Leit schaun her zu mir und warten aaf mei Zimmernummer. Mir fallts vor lauter Peinlichkeit ned ei.

„Im zwoatn Stock is", sog i, „wennma vom Lift aussageht, glei rechts und dann des zwoate Zimmer aaf da rechtn Seitn!"

„Dann haben Sie Nummer 212!"!

„Kannt aber aa des dritte Zimmer sei, beschwören möchtes ned!"

„Das wäre dann 213!"

„Ganz sicher bin i mir ned. Is des schlimm?"

„Sie brauchen ja nur auf Ihren Zimmerschlüssel zu sehen, da steht die Zimmernummer drauf!"

Zefix! Warum bin do i ned draufkemma?

Alle Sonderlinge an die andern Tische ham des Frühstück unterbrochen und warten gemeinsam auf mei Zimmernummer! Obwohls gestörte Einzelgänger san, hamse jetza alle gedanklich solidarisiert und halten mi für an kompletten Idioten, i merks genau.

I schau auf mein Schlüssel und sag „212". De aufdringliche Angestellte schaut aaf a Liste, macht mit an Kugelschreiber a Hakerl und sagt dann ganz laut: „Danke schön! Dann wünsche ich Ihnen jetzt einen guten Appetit, Herr Lauerer, und dann noch einen schönen Tag!"

So, jetza wissen de ganzen Verklemmten ned bloß, dass i bläd bin, sondern aa no, das i Lauerer hoass! Na toll! Super! Morgen steht dann in da Zeitung „Lauerer kann sich dreistellige Zahl nicht mehr merken – Alkoholexzesse die Ursache?"

Nachdem des klar is, essens wieder weiter.

I geh sofort zum Büffett, weil oft is aso, dass vo de guadn Sachen weniger do san als vo de schlechten und dass dann de wenigen guadn Sachen vo irgendwelche Egoisten weggfressen wern. Und dann bleibt für de anständigen Menschen bloß no d'Diätmargarine, da Honig und a grobe Streichwurst mit Silberzwiebeln. Und natürlich des ganze Müsliglump, wos koa Sau ned mog! Obwohl, a Sau wahrscheinlich scho.
Am Büffett seg i sofort, dass bloß no sechs Scheim Lachs und bloß no acht Cocktailtomaten do san. Beides mog i sehr gern, grad zum Frühstück! Also leg i konsequenterweise de sechs Scheim und de acht Tomaten auf mein Teller.
Es wird eng, weil de Teller in de Hotels allaweil viel zu kloa san und zu flach! De Tomaten rolln beim Gehen hi und her und i konn bloß hoffa, dass koane owahaut! Dass Tomaten rund sei miassn! Quadratisch war besser, aa vom Stapeln her! Gottseidank is da Lachs a natürlicher Prellbock, der die Rollbewegung aaf mein Teller bremst!
Jetza schau i vorsichtshalber no in des silberne Rührei-Warmhaltegefäß: Wie befürchtet is kaum mehr a Rührei drin, maximal zwoa schwache Portionen, also für mi knapp oane! Und oans woass i aus leidvoller Erfahrung: Wenn des Rührei weg is, des kanns unheimlich lang dauern, bis wieder oans kimmt! De Rühreiauffüllerei klappt meistens ganz schlecht!
Langer Rede kurzer Sinn: I muass den Rest sichern! I stell mei Lachs-Tomaten-Arrangement auf d' Seitn und hau mir an andern Teller mit Rührei voll, vorsichtshalber no mit sechs so kloane Bratwürstl, weil de san recht begehrt, grad bei Kinder! Und man kann nie wissen – eventuell kimmt glei a a Ehepaar mit drei Kinder und schwupps san de Bratwürstl weg! Kinder san unberechenbar! Egoisten sowieso! Und anstatt dass de Eltern sagn „friss ned soviel", ermuntern sie de Kinder no und sagn „nimm dir fei no a Würstl, Schantall!"
I hob des alles scho erlebt, i bin öfter in Hotels!
So, Rührei hamma, jetza brauch i bloß no drei Semmeln und an Aufschnitt und an Kaas und an Butter, dann waar der erste Gang soweit komplett!

Zefix, wo is mei Teller mit dem Lachs und mit de Tomaten? I hobna doch genau da hergstellt und jetza is er weg! I war scheinbar dermaßen in des Rührei vertieft und in de Bratwürstl, dass i den hinterhältigen Diebstahl ned bemerkt hab!

I schau und was sehe ich? Was muss ich erblicken? Oaner von de kontaktgestörten Einzelgänger hockt durt und hod einen Teller mit Lachs und ... äh fünf Cocktailtomaten vor sich, drei hod er wahrscheinlich scho auf der Flucht gfressn! Ein Dunkelhäutiger! Des is des! Do wenn i jetza wos sag, dann hoassts sofort, i bin a Rassist! Owa es hilft alles nix, i muass wos sagn, bevor der de restlichen Tomaten und den Lachs aa no weghaut! Des geht doch ned, dass der mein Teller schnappt und mei Zeig frisst! Wo samma denn!

Wia sog eam des? Do muassma mit Fingerspitzengefühl vorgeh, weil ned dass er aggressiv wird oder wos. Man woass ja nie! Und oans is aa klar: Man derf auf keinen Fall „Neger" sogn!
I geh hintere, stell erst mei Rührei an mein Tisch, dass mir wenigstens des koaner klaut und sag dann zu eam: „Sorry, aber du essen meine Lachs und kleine Tomaten, wo mir gehören! Das ist nix gut, wenn du nehm mei Teller und ess mei Frühstück, that wo i mir geholt hab from the Büffett da vorn! In Deutschland du müssen Essen selber zusammenrichten!"
Schaut der mi o und sagt: „Red koan so an Schmarrn daher! Der Teller mit dem Lachs und de Domatn is dodal herrenlos da vorn gstandn! Du host wie ein Irrer im Rührei umeinanderkratzt, woher soll denn i wissen, dass des dei Zeig is? I hob gmoant, der Teller ghört zum Büffett und hobna gnumma! Jetza is eh scho z' spät, weil i hob scho drei Scheibn Lachs und drei Domatn gessn! Jetza bringts aa nix mehr, wenn i dir den Teller zruckgib! Hol dir wos anders, is ja gnua vorn!"

I war dermaßen perplex, dass i gar ned gschnallt hab, dass der Dialekt red! Dann sog i zu eam: „Das mir leid tun, du ruhig essen fertig, ich mag nix mehr haben Lachs und Tomate!"
Schaut er aso und sagt: „Wo kimmst denn du eigentlich her mit dein komischen Slang, wenn i frong derf?"
„Aus da Oberpfalz!", sog i.
„Ja dann, alles klar! Do wirds natürlich mit hochdeitsch schwierig! An Guadn, gell!"
I bedank mi und geh zruck an mein Tisch. Grad will i mi hisetzn zu mein Rührei, kimmt ein Rudel Leit eina in den Frühstücksraum, überfallartig! Männer, Frauen, Kinder, ca. 10 Personen, alle relativ stämmig und blond. Ach du Schei ... Schreck: Des san Russen! Jetza is des gesamte Büffett in höchster Gefahr! Da Osten kimmt geballt!

Des woass i aus Erfahrung, weil a Bekannter vo mir hod des erlebt! Der war in Playa del Ingles und der hod gsagt, da warn Russen und de ham komplett alles gfressn! Also direkt gfressn ned, owa gnumma! Alles, einfach gnumma! Als daads eahna ghörn!

Und vom Saufa her – unvorstellbar! Wos de saufen, des is nimmer menschlich! Mei Bekannter is a stabiler und ausdauernder Trinker, owa er sagt, er war chancenlos! In einem Bereich, wo er seiner Muttersprache nimmer mächtig war, hod de Russen no dürscht! Er sagt, er hod kein Wort verstanden, owa er is mit alle per Du vor lauter Rausch!

Auf jeden Fall hob i mir denkt: „Sofort an das Büffett und Semmel, Aufschnitt und Kaas sichern, bevor da Russ kimmt und abraamt! Eventuell aa no a Ananas, de billigen Äpfel konn dann da Ostblock essn!"
Die Rühreier und de Bratwürschtln lass i derweil am Tisch steh, de konn i ja dann als Kaltschale essn. Hauptsach, i hob meine drei Semmeln und den entsprechenden Belag dazua inklusive Butter!
I renn fire zum Semmelkorb und kimm fast gleichzeitig mit dem ersten Russen hi. Do konn i jetza keine Rücksicht nehma – i muass mi als erster bediena! Weil viele frische Semmeln san nimmer drin gwen! I hobs ned genau zählt, owa es war einstellig! Und frische Semmeln san bei de Russen beliebt, weil de kennen ja in der Regel boß des dunkle Komissbrot; hirt wie eine Sperrholzplattn und geschmacklich in Richtung Packpapier.
I nimm mir vorsichtshalber glei vier Semmeln und schiab je oane in mei linke und rechte Hosentaschn eine, weil aaf mein Teller brauch i no Platz für Aufschnitt, Kaas, Butter und Ananas!
In dem Moment sagt oaner vo de Russen zu mir: „Ja kruzenäsn! Sie ham owa an gewaltigen Hunger in aller Friah! Hams gestern auf d' Nacht nix mehr kriagt?"
Und der Russ neba eam sagt: „Also vier Semmeln zum Frühstück – Hut ab!"
Hm … , i zweifel direkt, ob des Russen san! De reden ein akzentfreies Bayrisch, nicht ein russischer Unterton!
„Wo san Sie her, wenn i frogn derf?", sog i.
„Vo Bad Tölz", sagta, der erste Russ, „mir samma a Stammtischrunde und machma a Städtereise mit Frauen und Kindern!"
„Und Russen habts ihr koan dabei?"
„An Russen? Mir trinkma vielleicht manchmal an Russen!"
„Haha! Lustig!"

110

„Naa, ganz ehrlich, mir san alle Tölzer! Bloß dem Andi sei Frau, de is vo Murnau!"

„Ned Murmansk?"

„Naa, Murnau! Wia kommen Sie auf an Russen?"

„I hob bloß gmoant", sog i, „weil am ersten Blick habts ihr aaf mi russisch gwirkt. Nix für unguat!"

„Naa, wirklich", sagt er, „mir san vo Tölz!"

„Scho klar, passt scho! An guadn, gell!", sog i und hau a paar Scheibn Leberkaas, knappe 100 Gramm Schinkenwurst, a Salami und 6 Scheibn Emmentaler und a halbe Ananas auf mein Teller. Weil man woass ja nie – eventuell gibts aa verfressne Tölzer!

Wia i mit mein vollpackten Teller und de Semmeln in de Hosentaschn zruckkimm an mein Tisch, glaub i, mi trifft da Schlog: Meine Rühreier und meine Bratwürschtln san weg, komplett, samt Teller!

„Ja fix", sog i, „des gibts doch ned! Wos is denn des für eine Spelunke, wo dir innerhalb vo fünf Minuten zwoamal dei komplettes Frühstück entwendet wird!"

„Oh, des duat mir leid", sagt der dunkelhäutige Farbige am Nebentisch, „den Teller hat d' Bedienung mitgnommen! Weil des war alles scho eiskalt und dann hats gfragt, ob Sie des no wolln und i hab glaubt, Sie san scho weg, weils so eilig aufgstanden san und hab gsagt, dass Sie nimmer da san! Des duat mir jetza wirklich leid!"

„I bin ja bloß aufgstandn wega de Russen!"

„Wega de Russen? Welche Russen?"

„De vo Bad Tölz! Eigentlich sans ja koane Russen ned! In dem Sinn!"

„Des versteh ich jetzt ned!"

„Des is jetza aa wurscht!", sog i, „mir is der Appetit komplett verganga! Da schauns her, kriagns den Rest vo mein Frühstück!"

Dann hab eam den Teller higstellt und aus de Hosentaschen hob i no de zwoa Semmeln aussa und die Butter und hobs eam higlegt. Die Butter war durch die Körperwärme scho angenehm streichfähig.

Do hod er gschaut! Weil mit soviel Großzügigkeit kannst du in der heutigen Zeit ned rechnen!

I bin dann in mei Zimmer ganga und hob mir vom Büffett bloß no an kloan Imbiss mitgnumma: Drei hartgekochte Eier, vier Brezn, a Kanne Kaffee und drei Bienenstich. Weil erstens hod mi nimmer ghungert und zweitens will i ned unter lauter Irre und Verbrecher essn!

Unter Freundinnen und Freunden

Szene 1

Bedienung:
Was darf ich den Damen bringen?

A: Omeiomeiomei! I woass no gar ned genau, was i mag! Omeiomeiomei! Birgit, was nimmst denn du? Sag, ha!

B: Hm … i woass aa ned recht! Jessas naa, wos trink i denn?
Claudia, trinkma an Spritz? Ha Claudia, an Spritz kanntma
doch amal wieder trinka? An Hugo, ha?

C: An Hugo moanst? Also schlecht waar er ned! Owa jetza scho,
um fünfe nomiddog? Der steigt mir allaweil dermaßen schnell
in Kopf! I werd da ganz wuschig!

B: A geh? Wuschig? Habts des ghört, Mädels? D' Claudia wird aaf
an Spritz allaweil ganz wuschig! Also sag amal, Claudia! Macht
di da Hugo so heiß, ha? Sag! Da Hugo?

C: Hihi!

D: Ogottogottogott – wuschig wirst du do? Also i werd wuschig
beim George Clooney! Aber ned beim Hugo! Beim Hugo ned!

C: Beim Clooney natürlich aa! Hihi!

B: Also, i waar für an Hugo! Doris, wos sagst du? Du hast no gar
nix gsagt! Sag halt was, Doris! Is was mit dir? Warum sagst denn
du nix heut, ha?

D: Essts ihr wos?

A: Also i daad scho was essn. Später. Eventuell. Essts ihr nix?

B: I iß nix! I hab mi heit in da Friah gwogn: Total shocking! I hob
im Urlaub 1,2 Kilo zuagnumma! Also seids mir ned bös, aber i
iss nix! Da, schauts her, schauts eich mei Urlaubsschwarte o!
*Zeigt einen für normale Augen nicht erkennbaren, imaginären
Bauchansatz.* Gott, bin i fett! I iß nix! Gott, bin i fett! I bin so
fett! *Wendet sich angewidert von sich selbst ab.*

A: Also, wenn koane vo eich wos isst, dann iss i aa nix! Oder isst
wer wos?

C: Du, i bin so voll! I hob dahoam erst an Gurken-Karotten-Salat
gessn! I platz glei!

D: I daad vielleicht scho a Kleinigkeit essen. Owa später! Adelheid, wennst du später was essn daadst, dann daad i dann später aa was essen! Wahrscheinlich! Eventuell vielleicht!

A: Also ganz sicher woasses no ned, owa eher scho als ned iss i was! Ach, i woass immer ned, wos i will! *Schüttelt über sich selbst den Kopf.* Haaach, wos will i denn? Will i wos?

Bedienung:
I bring dann d'Speisekarte! Aber zerst tät i die Getränke aufnehma!

A: Ja genau! Wenns uns dann de Speiskarte bringen, dann kinnma in Ruhe schaun! Weil vielleicht essma was! Essma scho was, oder?

B: Also i iss nix! I bin sooo fett! Ach Gott, bin i fett! De war des blöde „all inclusive" in Antalya! Es war echt guat, aber man frisst und frisst und frisst! Ob ihr des glaubts oder ned: I hab amal zum Frühstück a Käsesemmel gessn, a Stück Kuchen **und** an Obstsalat! Ich hab den ganzen Tag glaubt, mich zreissts! Also wie ein Luftballon, i kanns eich sagn!

C: Ach du Schande! Ey, des glaubi dir voll! Wennma schon zum Frühstück dermaßen hilangt, dann isma den ganzen Tag wia paralysiert! Und dann magma gar ned am Strand geh mit so einer Wampe!

B: I hab sofort mei Abführmittel gnommen! Zwei Tabletten Shitaway! Aber nix is ganga! Ey Null! Mädels, des is so brutal! Du fühlst dich einfach ned wohl!

D: Furchtbar!

A: Obwohl Shitaway normal scho hilft!

C: Is des rezeptfrei?

Bedienung:
Äh, wenn i dann die Getränke aufnehmen könnte?!

B: Ja genau! Was trinkma jetza, Mädels? Bleima beim Hugo? Obwohl d' Claudia immer wuschig wird drauf? Gell, Claudia? *Grinst.*

C: *Gespielt verlegen, aber auch leicht grinsend:* Jamei, i konn a nix dafür! Ihr immer!

D: Also ok, dann trinkma oan, oder?

A: Also i bin dabei!

113

B: I aa!

C: Gibts auch an kleinen Hugo? Aso a Art Spritzerl?

A: A Spritzerl! Sie schau o! Hihi!

D: Also Claudia, du bist vielleicht einen Nudel! A Spritzerl! Hihi!

Bedienung:
Eigentlich nicht! Bloß einen normalen! So 0,25 Liter halt!

B: Geh Claudia, den schaffst du scho!

C: Ja ok, dann nimm i aa oan!

D: I aa bitte!

Bedienung:
Also, dann vier Hugo!

A: Genau! Vier Stück!

D: Und die Speisekarte bitte!

Bedienung:
Die bringe ich gleich!

A: Weil vielleicht essma was! Eventuell!

B: Also i ned! Definitiv iss i nix! *Zur Bedienung, den nicht vorhandenen Bauch vorstreckend:* Schauns mich o, wie fett dass i bin! I sag bloß: Antalya, all inclusive!

C: Also Birgit, du bist doch ned fett! *Zur Bedienung:* Oder? Die Birgit is doch ned fett?

Bedienung:
Verlegen: Keinesfalls! Äh, i bring dann mal die Speisekarte und dann die Hugos! *Geht.*

A: Ach, i find des so toll, dass wir vier uns wieder mal treffa! Des is immer so schee, wennma uns erzählen kinna, was so alles passiert is seit dem letzten Treffen! Was gibts Neues auf der Piste, Mädels?

B: Mei, soviel eigentlich ned seit gestern! Außer, dass i ghört hab, dass die Elke jetza lila Hoor hod!

C: Schlag mich tot! Ned, oder?

B: Doch! Die Jenny hats gestern im „Sugar" gsehn bei der Ü30-Party – voll lila!

A: Lila? Die Elke? Ey, nix gega die Elke, aber da helfa de lila Hoor aa nix mehr! De sollte liawa was für ihren Körper macha. Habts ihr de scho mal im Bikini gsehn in letzter Zeit?

C: Nö! Wieso?

B: *Gespannt, vorsorglich schadenfroh:* Erzähl, erzähl!

D: Ja, erzähl!

A: Ey Mädels, de hat eine Haut, also brutal! Orangenhaut is gar koa Ausdruck! De Haut schaut aus, da kannst sämtliche Südfrüchte hernehma: Schuppig wia a Ananas, haarig wia a Kokosnuß und kaasig wie a Banane! Un-mög-lich!

B: *Erfreut:* A geh! Echt? Jamei, auch die schöne Elke wird ned jünger!

C: Grad die Elke! Also nix gegen die Elke, aber dera vergönnes! De wollt ja immer de Schönste sei!

D: De moant ja immer, alle Männer schaun bloß auf sie!

A: Scho in da Schul war de so! Und dann hats dem Mathelehrer, dem hübschen dunklen, immer so Augen gmacht! Wisstses no? Dem dunklen schlanken!

B: Dem Herrn Sommer!

C: Genau dem! Hach, der war ja echt eine Sahneschnitte! Also bei dem könnt i mir aa vorstelln, dass i wuschig werd!

D: Ach komm, der is heit bestimmt koa Sahneschnitte mehr! Du, des war vor 25 Jahrn! Und damals war er 33! Der is nimmer so schnucklig wia damals, da kannst Gift drauf nehma!

B: Wahrscheinlich hat er a Plattn und an Ranzen! Hihi!

A: Und a hässliche Frau und drei Kinder! Hihi!

C: Moanst? Ach, i war direkt verknallt in den Herrn Sommer! Aber der hat ja mi nie beachtet! Bloß immer die Elke! De immer mit ihre Miniröcke und dem Blick! Des war voll die Schnalle, damals scho!

A: Also an Minirock braucht de nimmer oziagn, mit dem Hautverhau!

B: Alles rächt sich im Leben! De hat wohl glaubt, sie is immer de Schönste! Irgendwann is Schluß!

Elke betritt das Bistro. Adelheid, Birgit, Claudia und Doris begrüßen sie begeistert, sie stehen auf, umarmen und drücken sie innig.

A: Ja Elke! Wo kommst denn du her? Die hab i ja scho ewig nimmer gsehn! Mei, die Elke!

B: Guat schaust aus! Immer no die fesche Elke! Wia machst du des bloß?

Elke: Mei, man tut, was man kann! I geh zweimal in da Woch ins Studio!

C: Du, des siehtma! So einen Body! Neidisch könntma wern!

D: Grad hamma über di gred! Gell, Mädels? Grad hamma drüber gred, wia die Elke des bloß macht, dass sie immer no so guat ausschaut! Gell?

A: Genau! Du Elke, komm, sitz di doch her zu uns! Mir hamma uns an Spritz bstellt, magst aa oan? An Hugo!

E: Nö du, danke! I trink koan Alkohol, der is ned guat fürn Teint!

B: Jaja, Disziplin is alles! Du schaust aa taufrisch aus, wia a Teenager! Gell Mädels, wia a Teenager schauts aus! Einen Teint, Wahnsinn!

D: Spitze!

C: Unglaublich!

A: Wia kannma in unserm Alter bloß no so einen Teint ham? Sitz di halt her zu uns! Mir san grad so schee beim Ratschen!

E: Du, i muass leider ins Studio! A anders Mal vielleicht! Tschüss Mädels! Bussi!

Man verabschiedet sich mit Drücken und Bussis auf beide Wangen, Elke geht.

A: Bläde Kuah!

Die Bedienung bringt die Getränke und die Speisekarte, man prostet sich mit abgespreiztem kleinen Finger zu.

A: Also i iß dann nix!

B: I hab aa koan Hunger! I bin ja eh so voll, i habs ja grad scho gsagt!

C: I iß aa nix, i geh ja dann no zum Shoppen, da machts koan Spaß, wennma so voll is!

D: Hast recht, i iß dann aa nix!

Bedienung nimmt verwirrt die Speisekarte wieder mit.

Gesamtdauer der Szene 1: Zwölf Minuten.

Szene 2:

A: Griass eich!
B: Dere Alis!
C: Servus, olte Wurschthaut!
D: Ja, da Alis!
A: Nacha sitz i mi her zu eich!
C: Haude her!

Alois setzt sich wortlos, ächzt nur kurz, weil er offenbar Kreuzschmerzen hat. Die Bedienung kommt.

Bedienung:
Was darf ich den Herren bringen?

A: A Holwe Bier und a Sulz!
B: Genau!
C: Mir aa!
D: A Sulz is a Sulz!
B: Owa ehrlich!

Bedienung:
Zu D: Dann auch ein Bier und eine Sulz?

D: *Nickt wortlos.*

Bedienung geht, es entsteht nach der anstrengenden Bestellung eine längere Gesprächspause.

B: Jetza wenns kema daad! Mi dirscht!

Die anderen drei Tischnachbarn nicken bestätigend, haben aber ansonsten keinen Kommentar abzugeben. Erneut verflacht das Gespräch für einige Zeit, die Stille wird lediglich durch einige Seufzer unterbrochen.

A: Schee staad wirds Zeit!
Pause.
B: Des letzte Mal hods ned so lang dauert!

Pause.

C: Do is schneller ganga! Gestern war des!

Pause.

B: War gestern Montag?

C: Dienstag!

B: Dann wars vorgestern!

C: Stimmt!

Pause.

A: Jetza wirds owa wirklich Zeit, dass kimmt!

Pause.

D: Am End is im Stress!

Pause.

A: Des wirds sei!

Pause.

C: Mei, wird nacha scho kemma!

Pause.

B: De kimmt nacha scho!

Pause.

D: Dann wartma halt no a weng!

Längere Pause.

B: Und sunst?

A: Mei!

C: Alls klar soweit!

D: Tja, es is halt wias is!

Noch längere Pause.

B: Jetza kimmts, glaub i!

A: Moanst?

C: Wer woaß!

D: De kimmt no ned!

B: Hob i mi deischt!

C: Host gmoant, dass kimmt?

B: Genau!

D: Do host di deischt!

A: Owa lang konns nimmer dauern!

C: Dauert eh scho hübsch lang!

Pause.

B: Jetza kimmts!

118

Bedienung:
Sodala, vier Bier!

A: D'Sulzn?

Bedienung:
De bring i dann später!

B: De bringts dann später!
C: Is aa wurscht!
D: Hauptsach, sie bringts!

Bedienung:
I brings dann scho!

D: Eben!

Die Bedienung stellt vier Halbe Bier auf den Tisch und geht.

A: *Vorsichtshalber:* D'Sulzn bringst dann scho no?

Bedienung:
Jawohl!

B: Ja, dann prost nacha!
C: Prostata!
D: Ratschts ned solang, weil mi dirscht!
A: Moanst, mi ned? Prost und aus!

Man trinkt schweigend und setzt die halbleeren Gläser mit einem wohligen „Aaahhh" ab. Es entsteht aufgrund der Anstrengung durch das Trinken abermals eine längere, stille Erholungspause.

A: Noja nacha!
B: Morgn dann wieder?
C: Sowieso!
D: Z' erst no d' Sulzn!
B: Scho klar!

Pause.

D: Des von Kare wissts ja scho?

C: Kare?

D: No, da Kare!

C: Achso, da Kare!

B: *Kopfschüttelnd:* Der Kare, des is oaner!

Pause.

A: Wos is nacha mitm Kare?

D: An Unfall soll er ghabt ham!

Betretenes Schweigen und Gedenken für den verunfallten Kare.

C: Schlimm?

D: Krankenhaus! Irgendwos mitm Kopf oder mitm Fuaß! Oder wos anders.

B: Oweh!

Pause.

A: Des geht schnell!

Pause.

B: Aso a Unfall is ned angenehm!

C: Bist schaust, schepperts!

A: Wird er wieder?

D: *Zuckt wortlos mit der Achsel.*

C: Woassmas? Man woass ned!

B: Prost!

C: Genau! I bin scho ganz ausdirrt vo dera Ratscherei! Soviel wia heit hamma scho lang nimmer gratscht! Über alles samma kema!

A: Wia d' Weiber werma schee langsam!

C: De Ratscherei allaweil!

Kare betritt das Bistro, offensichtlich wohlauf, ohne äußere Verletzungen.

D: Da Kare!

A: Ja, da Kare!

C: Dere Kare!

B: Wia gehts aso?

K: Alls klar! *Setzt sich an einen Tisch in der anderen Ecke des Bistros.*

Es folgt eine Denkpause, um die für Kare erfreuliche, aber für die anderen unerwartete Situation zu analysieren.

A: Der is ned im Krankenhaus!
D: Sunst waara ned do!
B: Wer woass hod er an Unfall ghabt!
C: Der hod koan ghabt!
D: Dann wars a Schmarrn!
Pause.
B: Jetza wern nacha glei d' Sulzn kema!
C: Trinkma aus, dann kinnma glei no a Halbe bstelln, wenns uns d' Sulzn bringt!
A: Des is a Idee!
D: A Super-Idee! Prost!
C: Wern eh glei kema, d' Sulzn!
B: Dann essmas, wenns kema!
D: D' Sulzn!
A: A Sulz is a Sulz!
Pause.
D: Hm, überraschend is des scho!
A: Wos?
D: Dass er koan Unfall ned ghabt hod!
A: Wer?
D: Da Kare!
C: Der hod koan ghabt, des steht fest!
D: A anderer vielleicht!
A: Des mog sei!
B: Mei!
C: Prost nacha!

Allgemeines, stilles Zuprosten, anschließend sehr lange Pause, da die Sulzen noch nicht kommen.

Dauer der Szene 2: Zwanzig Minuten.

121

Angeberei im Wandel der Zeiten

Angeber 1924:

I bin da größte Bauer im Dorf!

I hob 30 Kiah, 5 Stier, 3 Kälber, 8 Schaf und 30 Hühner und an Gickerl! I hob 20 Tagwerk Wiesen, 25 Tagwerk Felder Grund und 15 Tagwerk Wald! I hab 3 Knechte und 4 Mägde und i kanns mir leisten, dass i jeden Sonntag einen Schweinsbraten iß und 4 Knödel! Ich hab gut zwei Zentner und meine Frau ist auch kräftig gebaut und hat schöne, dicke, kaasweiße Wadl. Sie ist nicht so braun wie die armen Leut, weil sie nicht aufs Feld hinaus muß zum arbeiten, weil das die Knechte und die Mägde machen! Sie bleibt daheim und kocht gut und deftig.

Unsere 7 Kinder sind alle wohlgenährt und keines hat die Schwindsucht wie die Bankerten der Taglöhner und wir bringen sie alle 7 durch, weil sie kriegen alle Tag eine Milch und geschmalzene Erdäpfel.

Mein Misthaufen ist der größte im ganzen Gäu und mein Stadel auch.

Am Sonntag nach der Kirche geh ich zum Postwirt und trinke zwei Maß Vollbier und esse drei Paar Weißwürscht und wenn mir danach ist, noch eins.

Und an Weihnachten kriegt meine Frau von mir ein neues Dirndlgwand mit einem Charivari, dass es scheppert!

122

Angeber 1974:

Ich bin Automechaniker und kenne alle Motoren in- und auswendig!
Ich fahre einen Opel Kadett mit Frontspoiler, und wenn ich weiter
mein schwarz verdientes Geld spare, kaufe ich mir bald einen VW
Scirocco.
Ich habe alle Schallplatten von den Bay City Rollers und von Sweet.
Ich habe vier Jeans, die sind oben so eng, dass sich jede Ader und jedes
Schamhaar abzeichnet und unten so weit, dass sich ein kleines Kind
darin verstecken könnte.
Ich kann 15 Rüscherl saufen und immer noch Auto fahren.
Ich habe längere Haare als meine Schwester.
Wenn ich zum Tanzen gehe, kann ich mir in der Tanzpause locker eine
Currywurst mit Pommes leisten.
Ich habe SPD gewählt.

Angeber 2014:

Ich bin Veganer, Nichtwähler, PETA-Mitglied, sexuell unentschlossen,
habe eine all-time, all-net Handy-Flatrate, kenne Conchita Wurst und
bin gegen alles allergisch.

*Oft denkt man sich nichts Schlechtes, man sitzt gemütlich im Wirtshaus,
wie Kare und Sepp so oft und so gern, schweigt sich sympathisch an und ist
sich ohne viele Worte seiner Freundschaft bewusst. Man beobachtet das
Kommen und Gehen der Gäste, wirft dem einen oder anderen einen stillen
Gruß per leichter Hebung des Kopfes oder per Zeigefinger zu, trinkt ab und
zu vom Bier und geht zwischendurch auf das Klo, um Platz für eine weitere
Halbe zu schaffen. Nicht wie die Frauen zu zweit, sondern immer alleine!
Zwei Männer gemeinsam auf die Toilette – das geht nicht! Niemand würde
etwas sagen, aber jeder würde sich etwas denken! Solche Abende unter Freunden sind ein Idyll, das keiner Einmischung bedarf. Aber das Idyll wird oft
unvermittelt zerstört, denn irgendwo lauert er,*

Der Idiot

Kare: *Mit verdrehten Augen:* Oweh! Waar so schee gwen!

Sepp: Wos isen?

Kare: Schau hi, wer kimmt!

Sepp: Ach du Scheiße, da Mane!

Kare: Der hod uns no gfehlt! Der kimmt immer daher, wenns
grod schee is!

Sepp: Vielleicht segt er uns ned!

Kare.   Des konnst vergessen! Schau hi, wia er schaut! Der schaut
ja scho her!

Sepp: Schau weg! Vielleicht schaut er dann aa weg!

Mane: *Laut:* Ja, da Sepp und Kare!

Sepp: *Deutlich leiser:* Griassde Mane!

Kare: *Noch leiser:* Dere!

Mane: I hock mi kurz her! I hob ned viel Zeit, owa i hock mi kurz
her! *Setzt sich.* Is erlaubt?

Sepp: Sitzt ja scho!

Mane: Ja genau! Also, bloß kurz: Männer, ohne Schmarrn, i hob
vorgestern einen suuuper Witz ghört! Also da Wahnsinn,
Hammer! Sollen eich erzähln?

Kare: Mei!

Sepp: I muass dann eh glei weg! I muass zum Zahnarzt!

Mane:	Ja gibts des aa! Des gibts doch ned! *Lacht und haut sich vor Vergnügen auf die Schenkel.* In dem Witz gehts um des Thema Zahnarzt! Des gibts doch ned! So ein Zufall! Wos alls gibt!
Kare:	Jetza erzähl, i muass dann aa furt!
Mane:	Also, halts eich fest, weil des is echt da Hammer! Kimmt a Pinguin zum Zahnarzt ...
Sepp:	A Pinguin?
Mane:	*Kann sich vor Lachen kaum im Zaum halten.* Ja genau, a Pinguin! Is ja des scho dermaßen witzig! A Pinguin beim Zahnarzt! I mach glei in d' Hosn!
Kare:	Amal dumm gfragt: Hod a Pinguin überhaupt Zähn?
Mane:	*Irritiert:* Äh ..., also des woass i jetza momentan aa ned. I kenn koan Pinguin persönlich. Owa des is ja wurscht. Auf jeden Fall ...
Sepp:	Noja, direkt wurscht is des ned. Weil wenn a Pinguin koane Zähn hod, wos soll er dann beim Zahnarzt? Des waar ja dann a Schmarrn!
Mane:	Ja, ok, gema amal davo aus, dass er Zähn hod.
Kare:	Wos hoasst „gema amal davo aus"? Hod er jetza Zähn oder hod er koane?
Mane:	*Noch irritierter, leicht grantig:* Ja, er hod Zähn! Der Pinguin, um den wos do geht, der hod Zähn!
Kare:	Alles klar, er hod also Zähn!
Mane:	Genau! Obwohls eigentlich wurscht waar, weil ob der Zähn hod oder ned, des hod mit der Pointe vo dem Witz nix zum dua!
Sepp:	Ned?
Mane:	Null!
Kare:	Wieso spielt dann der Witz beim Zahnarzt? Des brauchts doch dann gar ned, wenn de Pointe nix mit Zähn zum dua hod! Dann kannts ja genau so guat beim Urologen sei!
Sepp:	Oder beim Internisten!
Mane:	*Genervt:* Nein! Beim Urologen kannts ned sei und beim Internisten aa ned! Es muass scho a Zahnarzt sei, weil der Pinguin in dem konkreten Fall hod ja Zähn!
Kare:	*Zu Sepp:* Stimmt! Er hod ja Zähn, der Pinguin, um den wos do geht!

Sepp:	Ja guat, dann lass i mir des eigeh. Also, Mane!
Mane:	*Zerstreut:* Wos also?
Sepp:	Erzähl dein Witz weiter!
Mane:	Achso, mein Witz! *Wieder besser gelaunt:* Genau, mein Witz! Ok, mein Witz: Also, ein Pinguin, der wos Zähn hod, kimmt zum Zahnarzt. Und der hod schlecht gseng!
Kare:	Der Zahnarzt?
Mane:	Natürlich der Zahnarzt, wer denn sunst?
Sepp:	Da Pinguin vielleicht!
Mane:	*Wieder genervt:* Doch ned da Pinguin! Wieso soll da Pinguin schlecht gseng hom? A Pinguin segt doch ned schlecht! Also, soviel wos i woass, segt a Pinguin ned schlecht!
Kare:	Scho klar, owa sicher woasst des ned, oder?
Mane:	Sicher ned! Wia gsagt, i kenn nicht einen Pinguin! Owa in mein Witz war des hundertprozentig da Zahnarzt, der schlecht gseng hod! I werd doch mein Witz kenna! Des is doch scho vo Haus aus ned witzig, wenn a Pinguin zum Zahnarzt geht, weil er schlecht segt! Dann gangert er ja zum Augenarzt! Also des waar ja a glatter Schmarrn!
Sepp:	Do host aa wieder recht! Ja guat, dann hod also da Zahnarzt schlecht gseng?
Mane:	Genau der! Und man woass ja …
Sepp:	Moment! Des is owa für an Zahnarzt ganz schlecht, wenn er schlecht segt! A Zahnarzt! Stell dir des vor! A Zahnarzt, der muass doch guat seng, do gehts doch oft um Millimeter, beim Bohrn zum Beispiel! Grad beim Pinguin, weil der hod bestimmt ganz kloane Zähn!
Mane:	*Leicht verzweifelt:* Des is ja jetza ned der springende Punkt! Es geht in dem Witz ned ums Bohrn! Es geht um ganz wos anders!
Sepp:	Owa des muasst zuagem: Guat is des ned, wenn a Zahnarzt schlecht segt!
Mane:	Ja, ok, guat is des ned, grundsätzlich! Owa bei dem Zahnarzt is des echt wurscht, weil der is ja ned real, der existiert ja bloß in dem Witz!
Sepp:	*Zu Kare:* Ja, wenn er ned real is, dann is eigentlich wurscht! Do hod da Mane recht!

126

Kare:	Stimmt! Wenn er ned real is, dann is sekundär!
Mane:	*Nervös:* Danke! Vielen Dank! Also, der Zahnarzt segt schlecht. Jetza kimmt der Pinguin eine ins Behandlungszimmer und da Zahnarzt segtna.
Sepp:	Der segtna? I hob gmoant, der segt schlecht!
Mane:	*Verzweifelt:* Ja scho, owa ned sooo schlecht, dass er den Pinguin überhaupt ned segt! Dann waar er ja blind, der Zahnarzt! Und des waar ja unmöglich! Bei an Zahnarzt!
Sepp:	Owa er is ned real, dann waars wurscht!
Kare:	*Bestätigend nickend zu Sepp:* Des stimmt! *Zu Mane:* Du host ja selber gsagt, dass er ned real is!
Mane:	*Noch verzweifelter:* Real is er ned, owa blind aa ned! Er segt halt schlecht, des is alles! So, und dann is ja aso, dass ...
Sepp:	Dauert der Witz no länger? I muass echt glei weg zum Zahnarzt, zum realen! *Lacht.*
Mane:	Der Witz waar scho lang erzählt, owa wenn i alles tausend Mal erklärn muass, dann ziagtse der Witz natürlich in d' Läng! Also, wo war i?
Sepp:	Da Pinguin is ins Behandlungszimmer einekema und da Zahnarzt hodna gseng.
Kare:	Wahrscheinlich hodan schlecht gseng, owa gseng hodan scho. Schemenhaft vielleicht.
Mane:	Genau, er hodna schlecht gseng! So, und jetza wirds unheimlich komisch! Womit verwechselt jemand, der schlecht segt, einen Pinguin?
Sepp:	Mit an andern Pinguin?
Mane:	Naa, doch ned mit an andern Pinguin! Des is doch null komisch! Kare, wos moanst du, womit kann man an Pinguin verwechseln, wennma schlecht segt?
Kare:	*Überlegt.* Puhh, des is schwierig! Mit an Graureiher?
Mane:	*Enttäuscht, weil Kare nicht draufkommt:* Naa, ganz falsch! Ned mit an andern Tier! Mit an Menschen!
Kare:	Mit an Menschen?
Sepp:	An Pinguin mit an Menschen? Ah geh, des gibts doch ned! Doch ned mit an Menschen!
Mane:	*Freudig erregt, eifrig:* Doch, des gibts! Es geht um de Kleidung dieses Menschen, de is nämlich aa schwarz-weiß, wia da Pinguin!

Sepp:	De Kleidung?
Mane:	*Ungeduldig:* No geh, des is doch ned so schwierig! Welche weibliche Berufsgruppe is in der Regel schwarz-weiß gekleidet?
Kare:	Totengräber!
Mane:	*Eindringlich:* Weiblich!
Sepp:	Weibliche Totengräber!
Mane:	Naa, doch ned weibliche Totengräber! I gib eich a Stichwort: Kloster!
Sepp:	Kloster?
Mane:	Kloster!
Sepp:	Hm ..., Kloster ..., hm ..., und wennst mi derschlagst, i kimm ned drauf!
Kare:	Kloster? Also mir sagt des aa nix!
Mane:	*Fast am Zerbersten:* Des gibts doch ned! Des gibt es doch nicht! Wer wohnt im Kloster?
Sepp:	Der Papst?
Mane:	Der Papst! Ja sag amal! Doch ned der Papst! Der wohnt im Petersdom! Im Kloster wohnen die Klosterschwestern! Die Klosterschwestern!
Kare:	In Frauenklostern! Du host ja bloß Kloster gsagt! Des kannt genausoguat a Männerkloster sei! Dann waarns Mönche!
Mane:	*Kurz vor dem Durchdrehen:* I hob owa a Frauenkloster gmoant! Ich bitte 1000 mal um Entschuldigung, dass i bloß Kloster gsagt hob!
Sepp:	A geh, so schlimm is des aa ned, do brauchst di ned entschuldigen! Des is ja im Prinzip egal, Kloster is Kloster!
Mane:	*Schreiend:* Eben nicht! Eben nicht! Es muss ein Frauenkloster sein, weil einen Pinguin verwechselt kein Mensch mit einem Mönch! Sondern ausschließlich mit einer Klosterschwester! Weil bei einem Männerkloster waar ja der Witz a Witz! Des is doch ned lustig, wenn jemand an Pinguin mit einem Mönch verwechselt, des is doch ein totaler Schwachsinn! *Kopfschüttelnd, fast weinend:* Des gibts doch ned! I draah no durch mit eich!
Kare:	Und des war jetza da Witz? Dass der irreale Zahnarzt den Pinguin mitana Klosterschwester verwechselt?

Sepp:	Also sooo lustig is des ned!
Mane:	*Hysterisch:* Der Witz geht ja no weiter! Des war doch bloß der Anfang vo dem Witz! Die Pointe kimmt doch erst! Die Verwechslung war doch bloß de Hinführung auf den Höhepunkt! Es geht no weiter!
Sepp:	*Sieht auf seine Uhr.* Du Mane, des hilft nix, i muass weida! I hob echt an Zahnarzttermin! Erzählst halt dein Witz a anders mal firte!
Kare:	Ja Mane, des wird am gscheitern sei! I hob aa koa Zeit mehr! Owa Hut ab, schlecht is er scheinbar ned, dei Witz! Mit dem Pinguin, des hod wos! I bin scho gspannt, wia des ausgeht!
Mane:	*Flehend:* Ja, owa er daadert fei gar nimmer allzu lang dauern! De Pointe is scho im Anmarsch!
Sepp:	*Steht auf.* Mane, des hilft wirklich nix, i muass furt!
Kare:	*Steht ebenfalls auf.* Mane servus! Mirk dir den Witz! I möcht de Pointe wirklich gern hörn!

Kare und Sepp gehen und lassen den verzweifelten Mane allein im Wirtshaus zurück. Draußen unterhalten sie sich weiter.

Kare:	Ja kruzenäsn, is des ein Idiot!
Sepp:	Z' dumm, dass er an Witz erzählt!
Kare:	I glaub, den Witz kenni eh scho!
Sepp:	Und? Isa guat?
Kare:	Iwo! A glatter Schmarrn!
Sepp:	Des hob i mir glei denkt! A Pinguin!
Kare:	Eben!

Es gibt Leute, die reden gerne über das Wetter, zu denen gehöre beispielsweise ich. Andere bevorzugen die weltpolitische Entwicklung als Gesprächsthema und wieder andere, meist weiblichen Geschlechts, können sich stundenlang über modische Trends unterhalten, ohne dass auch nur der Hauch von Langeweile aufkommt, außer bei zufällig anwesenden Männern. Dann gibt es noch die Sportbegeisterten, die jedes Zweitligaspiel mit allen Fehlentscheidungen der Schiedsrichter und allen Fehlpässen der Spieler aus dem Effeff nachvollziehen können und dies leider auch tun, womit sie alle Nichtsportler furchtbar nerven. Noch eine Stufe höher in der Nervskala sind diejenigen, die sich im Beruf ungerecht oder unter Wert behandelt fühlen und dies unter großem Wehklagen über die Ungerechtigkeit dieser Welt bei jeder Gelegenheit an den Mann oder die Frau bringen wollen. Durch nichts zu toppen sind allerdings diejenigen, die eine beinahe erotische Lust verspüren, wenn sie sich über Krankheiten und körperliche Gebrechen aller Art, bevorzugt über die eigenen, auslassen können. Wohlgemerkt, ich meine nicht die echten Kranken, denen mein Mitgefühl und meine herzlichsten Genesungswünsche gelten, ich meine die, deren Siechtum sich in ihrer Gedankenwelt abspielt.

Sepp saß im Cafe und beobachtete gut gelaunt die Gäste bei einem Tässchen Kaffee. Da betrat eine alte Bekannte aus der Schulzeit, die er schon seit Jahren nicht mehr getroffen hatte, den Raum und erkannte ihn. Das war der Anfang vom Ende der guten Laune des armen Sepp. Er konnte es nicht ahnen: Es war nicht mehr die flotte Biene, die er aus der Schule in Erinnerung hatte; es war, und davon war sie selber am überzeugtesten,

Die kranke Anke

Anke: *Ungläubig:* Sepp, bistas du?

Sepp: Ja do schau her, die Anke! Di hob i ja scho 20 Jahr nimmer gseng! Die Anke! Ja gibts des aa! Schön wie eh und je!

Anke: *Angestrengt atmend:* Derf i mi a bissl hersetzen zu dir?

Sepp: No freilich, sitz di her! I lad di ei aaf an Kaffee, zur Feier des Tages! Weilma uns scho so lang nimmer gseng ham!

Anke: *Setzt sich ächzend und sich den imaginären Schweiß von der Stirn wischend.* Du, danke Sepp! *Sieht auf die Armbanduhr.*
I hob bloß zwoa Minuten, i hob dann glei an Termin beim Urologen! Und außerdem kriag i von Kaffee unheimlich

	Sodbrennen. I glaub ja sowieso, dass i was hab mit der Magenschleimhaut! I setz mi bloß a bisserl wegen der Luft!
Sepp:	Wegen der Luft?
Anke:	Du, i hob dermaßen Probleme mit der Luft! Des san die Abgase in der Stadt! Die Autos!
Sepp:	No geh! De fünf Autos, de in der Stund durch unser Kaff fahrn!
Anke:	Egal, i bin do dermaßen sensibel! Meine Bronchien san voll gereizt! Des geht bis in d' Lunge eine, der Reiz!
Sepp:	A geh! Wos sagt da Doktor?
Anke:	Des is ja des! Der find nix! I war jetza schon beim Doktor in Regensburg und in Straubing – keiner find wos! Die san sowas von unfähig! I glaub, i geh liawa zu einem nach München, vielleicht find der wos!
Sepp:	Vielleicht host nix, wenn koaner wos find! I moan bloß!
Anke:	*Leicht irritiert, schnippisch:* Natürlich hob i wos! I merk doch des, dass i wos hob! Des kitzelt so in die Bronchien, da könntest du wahnsinnig werden! Manchmal brennts direkt! Des san die Abgase, do bin i mir sicher! Die Ärzte ham keine Ahnung, was i mitmach!
Sepp:	I bin froh, wenn i koan seg!
Anke:	Des wär des allerbeste! Aber mei, was willst macha, wennst krank bist!
Sepp:	Nix kannst macha!
Anke:	Ja eben! *Hüstelt auffällig.*
Sepp:	Jaja! Und sunst? Alles klar?
Anke:	*Verdreht die Augen.* Omei Sepp, von wegen! Es san ja ned bloß meine Atmungsorgane! In letzter Zeit tränen ständig meine Augen!
Sepp:	D' Augen? Ja wieso?
Anke:	Keine Ahnung! I war ja scho beim Augenarzt, der find aa nix! Der sagt, alles normal. Owa des is doch ned normal, wenn die Augen tränen, oder? Is des normal?
Sepp:	Des is ned normal!
Anke:	Eben! Du als Laie merkst des sogar, owa der Arzt merkts ned! I hob in mein Medizinlexikon nachgschaut, des Augentränen kann verschiedene Ursachen haben! Des hoasst volnux occularis oder so!

Sepp:	No geh! Hast du a Medizinlexikon?
Anke:	Insgesamt acht! Man is ja angewiesen auf eine Selbstdiagnose, wenn da Doktor nix find!
Sepp:	Bei mir tränens allaweil bloß, wenn i an Zwiefl schneid!
Anke:	Des is ganz wos anderes! Bei mir is des krankhaft! Auch ohne Zwiebeln! Bei Zwiebeln is ganz aus!
Sepp:	*Verlegen:* Des is natürlich zwider! Und sunst passt alles?
Anke:	Schee wärs! Wia gsagt, i muass jetza dann zum Urologen! Weil die Körpertemperatur in meiner ....
Sepp:	*Unterbricht sie erschrocken, weil er anatomische Details nicht hören will:* Naa, i moan dahoam! Bist verheiratet? Host Kinder?
Anke:	Jaja, i bin verheiratet! Owa mei Mann is grad auf Kur! Er hat gsagt, eam fehlt nix, aber i hab doch des gmerkt, dass er kurz vorm Burnout steht! Des merktma doch, wenn a Mensch überlastet ist! Also ich merk des, er ned! Er hat immer gsagt: „Anke danke, des schaff i leicht!" Aber i hab doch sei Gsicht gsehn – völlig überarbeitet! I hab oft gsagt: „Eberhard, is wos?" Und er: „Alles in Ordnung!" Owa man segt doch des, wenn ein Mensch überarbeitet is! Also i seg des!
Sepp:	Wos machta denn beruflich?
Anke:	Hausmeister im Finanzamt! Du, des is so ein Stress. Im Herbst immer d' Heizung eischalten und dann im Frühjahr wieder aus! Des reißt ned ab! Dann Rasen mähn im Sommer, im Winter weniger, aber da is dann Schnee räumen! Der Mann kimmt nie zur Ruhe! Und drum hab i gsagt: „Eberhard, Schluss, du gehst jetza auf Kur! Es muss im Finanzamt auch amal ohne di geh! Du musst den psychischen Druck abbaun!" Von seiner Bandscheibe will i gar nix sagen! Eigentlich is er ein Wrack! I hab gsagt, er soll Prozente beantragen, dann kriagert er einen Freibetrag bei der Steuer und im Freibad einen Rabatt! Weil Schwimmen waar guat für seine Gelenke!
Sepp:	San de aa hi?
Anke:	Des ned, aber bald! Du, der kriagert auf Anhieb 70 Prozent, wia gsagt, er is ein Wrack! Aber er selber merkts ned! Du, der macht Mountain-Biking! Mountain-Biking! Der merkt nicht, wia krank er is! I merks natürlich scho!

Sepp:	*Irritiert:* Wahnsinn! Mountain-Biking! Jamei, wenns eam gfallt!
Anke:	Des is doch egal, obs eam gfallt – umbringa tuts ihn, des is des Entscheidende!
Sepp:	Mei! Äh ... und Kinder host aa?
Anke:	*Eifrig, aber mit besorgter Miene:* De ham beide solcherne Probleme mit der Haut! Des hams wahrscheinlich vo mir, weil i hab ja bis zur Pubertät aa immer so an Schorf ghabt an alle möglichen und unmöglichen Stellen!
Sepp:	Echt? Do hodma in da Schul fei nix gmerkt!
Anke:	Ja, weil im Gsicht war ja nix, gottseidank! Aber bei unserer Ute, da segtmas auch im Gsicht, wennma genau hinschaut! Mei Mann, der sagt, da is nix im Gsicht, aber i hab da an Blick dafür! I hab scho gsagt zu ihr: „Ute, da brauchst dir nix denken, des wird scho wieder im Gsicht!" Aber sie sagt, sie hat nix im Gsicht! Weils ihra Vater immer beeinflusst! De hat wos und glaubt, sie hat nix! I hab jetza an Termin für sie gmacht bei da Hautärztin, weil des muassma abklärn!
Sepp:	*Ermüdet, teilnahmslos:* Ja genau! Hilft nix!
Anke:	Und da Bua, mit dem is a Kreiz! Der hat 27 Muttermale! I hob gsagt zu eam: „Matthias, du hast 27 Muttermale!" Woaßt, wos der gsagt hat? Weißt du, was der gsagt hat?
Sepp:	*Immer apathischer, leicht eingenickt, dümmlich grinsend:* Jamei, gell.
Anke:	*Energischer:* Was glaubst, was der gsagt hat?
Sepp:	*Aufgeschreckt:* Wos? Wer?
Anke:	Mein Herr Sohn! Wie ich ihm gsagt hab, dass er 27 Muttermale hat, was glaubst, was der gsagt hat?
Sepp:	Keine Ahnung!
Anke:	„Na und!", hat der gsagt! „Na und!" Kannst du dir des vorstellen?
Sepp:	*Nicht ahnend, wie er reagieren soll:* Des is allerhand!
Anke:	Ja eben! Grad in der heutigen Zeit! In Australien is der Hautkrebs voll im Vormarsch! Und da sagt mein Sohn „na und!", bei 27 Muttermalen!
Sepp:	Wohnt er in Australien?
Anke:	Naa, bei uns dahoam, aber i sag bloß! Des sind doch Alarmzeichen! I hab mir extra ein Buch kafft, 29 Euro 80,

des hoasst „Kein Muttermal ist scheißegal"! Des solltert er mal lesen, aber der lests ja ned! Der lest ja gar nix, immer bloß SMS! De Strahlen vom Handy bringen uns sowieso alle um! Oft sag i: „Dua des Handy weg! Mach amal Yoga oder wos!" Owa nein, nix! I hab an Termin gmacht beim Hautarzt. Der soll sich des mal anschaun!

Sepp: Des Buch?

Anke: Naa, doch ned des Buch! De 27 Muttermale!

Sepp: Genau! Der solls anschaun, dann segtas! *Drängend, da völlig genervt und frustiert:* Du, i muass dann wieder weida! Du muasst ja aa weg!

Anke: Jaja, i muass zum Urologen! Und morgen hab i a Darmspiegelung! Man kommt ja kaum mehr um d' Runden mit denen ganzen Terminen!

Sepp: Faahlts dir im Darm aa?

Anke: Naja, ned direkt, vielleicht doch, i lass des auf jeden Fall abchecka! I hab manchmal so Blähungen, eigentlich ohne Grund! Nicht, dass was is!

Sepp: *In der Absicht, einen Gag zu machen:* Wenns Orscherl brummt, is 's Herzerl gsund!

Anke: *Gar nicht erheitert:* Also sooo einfach is des ned! Undefinierbare Gase san oft die Folge von krankhaften Veränderungen im Darm, des steht in Band 5 vo meinem Medizinlexikon! Und in mein Buch „Endoskopie für Anfänger", da stehts aa! „Der Tod sitzt im Darm!", sagt der Chinese!

Sepp: Wos für a Chinese?

Anke: Kein bestimmter Chinese, allgemein die chinesische Medizin!

Sepp: Ach so! Ja dann! Also dann, Anke, i …

Anke: Zum Orthopäden muass i demnächst aa! I wenn die Treppen runtersteig, dann knacksts manchmal so komisch im Knie! Ned immer, aber manchmal! So ein ganz ein komischer Ton! *Imitiert mit den Lippen einen Ton.* Ungefähr so, aber ned so laut. So unterschwellig!

Sepp: Hm, des is a komischer Ton.

Anke: Gell! Gell, des sagst du aa! Mei Mann sagt immer, er hört nix, aber des wundert mi ned, weil der hat was an die

	Ohrn, i schick eam demnächst zum HNO, wenn er von der Burnoutkur zrückkimmt! Und i geh glei nächste Woch zum Orthopäden! Ned, dass da was am Reißen is oder am Zerren! I glaub, i mach de Woche no an Termin! Vielleicht is akut!
Sepp:	Ja eben! Wissen kannmas nie! Also dann ... *Will aufstehen.*
Anke:	Und meine Leberwerte! I versteh des ned! I trink keinen Alkohol und i iss kein fettes Fleisch und trotzdem: Normal is zwischen 20 und 40 und i hab 32! 32!!!
Sepp:	Ja gibts des aa! *Hält kurz inne und rechnet.* Ja Moment, wennst 32 host, dann is doch des normal, wenn zwischen 20 und 40 normal is!
Anke:	Nein, des is nicht normal, weil bei meiner Lebensweise müssert i unter 25 haben! I kann mir de 32 nicht erklärn! I hab nächste Woche noch mal an Bluttest, weil vielleicht warn de 32 a Ausreißer oder a Laborfehler! Die Labore, die san ja aa ned immer sooo zuverlässig! Also i war am Anfang scho geschockt über die 32, aber inzwischen glaub i, des war a Laborfehler!
Sepp:	Oder a Ausreißer!
Anke:	Genau! Gell, des sagst du aa!
Sepp:	Mei, ein Doktor bini ned! Also, i packs dann! War schee, wieder ...
Anke:	Und was fehlt dir so?
Sepp:	Mir? Mir fehlt nix!
Anke:	No geh, dir fehlt doch was!
Sepp:	Naa, ganz ehrlich, mir fehlt nix!
Anke:	Mir kannstas fei sagen, i kann aa gern amal im Medizinlexikon nachschaun für di!
Sepp:	Brauchst echt ned, i bin pumperlgsund! Besten Dank, owa mir gehts sauguat! Duat mir leid!
Anke:	*Mitleidig:* Also Sepp, du hast was! Dei Hautfarb gfallt mir gar ned! Hast du manchmal an Druck auf de Ohrn? Scho, ha? So an Druck, so druckartig ...
Sepp:	An Druck? Aaf de Ohrn? Naa, hob i ned! Aaf da Blasn, nach sechs Weizen, do rührtse dann wos, do is da Druck gewaltig! *Lacht, weil er denkt, einen Gag gemacht zu haben.*

Anke:	Und dann kannst ned bieseln, oder? Entleert sich die Blase nimmer?
Sepp:	Doch doch, i kann scho! Und wia! Oft denk i mir, dass i gar ned soviel trunka hob, wia i biesl, ohne Schmarrn!
Anke:	Des is aber aa ned normal! Weil Flüssigkeitsverlust duat dem Körper nicht gut!
Sepp:	I füll ja nach dem Bieseln glei wieder Weizen nach! Der Flüssigkeitsverlust is dann ned dramatisch! Owa Anke, i muass wirklich weg! Und du host doch dein Termin beim Urologen!
Anke:	*Sieht auf die Armbanduhr.* Ach ja, i muass weg! Also Sepp, machs guat! Und lass di amal durchchecka, dei Hautfarb gfallt mir gar nicht! *Steht ächzend auf.* Oder kimmst glei mit mit mir? Du, i kann dir beim Urologen an Spontantermin bsorgen! I hab da Connections, weil i bin ja Stammkundin!
Sepp:	Naa, geh nur zua, i muass zerst no biesln! Geh nur zua derweil! Pfiade Anke, und guade Besserung! Des wird scho wieder!
Anke:	Des glaub i ned! Des reißt ned ab! Kaum is oa Krankheit weg, kimmt die nächste! Des reißt ned ab! Mei, kannma nix macha! Und des mit de Handystrahlen, des is no gar ned richtig erforscht! I derf gar ned drodenka! Und die Kernkraft! Du, de verarschen uns doch alle! Die wissen viel mehr, als sie song! *Geht kopfschüttelnd und frustriert, hustet an der Tür noch mal hörbar.*
Sepp:	*Zur Bedienung:* Rosi, bring mir a Weizen, owa schnell!
Rosi:	Wos war jetza des für oane?
Sepp:	A Schulkameradin vo mir! De spinnt! De is kerngsund und glaubt, sie is sterbnskrank!
Rosi:	Jaja, so Leit gibts! Dir gehts guat?
Sepp:	Alles in bester Ordnung!
Rosi:	A bissl kaasig bist!
Sepp:	Schau, dass d' weidakimmst und bring mir a Weizen!

Das Kinderkrippenspiel

Pfarrer: So, liebe Kindergartenkinder, liebe Schulkinder, liebe Mütter! Vielen Dank, dass ihr euch bereiterklärt habt, beim Krippenspiel in der Kindermette morgen am Heiligabend mitzumachen! Habt ihr auch alle euren Text schön gelernt?

Kind 1: Mäh!

Pfarrer: Sehr schön, Kerstin, du bist ein Schaf, gell?

Kind 1: Ja, ich bin Schaf 3!

Kind 2: Und ich bin Schaf 1! Mäh-äh-äh!

Pfarrer: Sehr gut! Und jetzt werdet ihr spitzen, liebe Kinder! Jetzt kriegt ihr euere Kostüme! Damit die Leute in der Kindermette auch sehen, was ihr seid! Unser Herr Mesner holt die Kostüme! Herr Mesner, holen Sie bitte die Kostüme.

Mesner: Jawoll! *Will gehen und die Kostüme holen, ein kleiner Junge (Kind 3) zupft ihn jedoch am Ärmel.*

Kind 3: Ich bin fei der Esel!

Mesner: *Leidenschaftslos:* Gratuliere!

Kind 3: *Imitiert verblüffend gut einen Esel:* I-aaa! I-aaa!

Mesner: Ein super Esel! Hut ab!

Pfarrer: Jaja, unser Veit ist ein toller Esel! Gell, Veit?

Kind 3: *Begeistert, mit eselartigem Blick und laut:* I-aaa! I-aaa!

Pfarrer: Und du, Birte, du bist ein Häslein, oder?

Kind 4: Ja, Herr Pfarrer, ich bin ein Häslein!

Pfarrer: *Gütig-salbungsvoll:* Kannst du deinen Text auch schon? Du hast ja einen ganz einen tollen Text! Sag ihn mal schön!

Kind 4: *Eifrig-gewissenhaft:* Springt hasenartig vom Seitenschiff in den Mittelgang und dann zum Altar zu den anderen Tieren.

Pfarrer: Nein, Birte, das ist nicht dein Text! Das steht nur auf dem Blatt, damit du weißt, was du tun musst!

Kind 4: *Verunsichert zu seiner Mutter:* Was, Mama?

Mutter 4: Ach Birte, hättest du mich halt gefragt! Du brauchst doch die Regieanweisung nicht aufsagen! Das ist doch Blödsinn!

Kind 4: *Schluchzend:* Ja, aber ...

Pfarrer: Birte, brauchst nicht traurig sein! Für dein Gedächtnis ist es auf jeden Fall gut, wenn du was auswendig lernst! Aber sagen musst du in der Kindermette nur das, was danach auf dem Blatt steht! Kannst das auch schon?

Kind 4:	*Wieder konzentriert:* Liebes Jesukindelein, ich bin ein kleines Häselein und bringe dir ein Gräslein fein, dass weicher wird dein Krippelein!
Pfarrer:	Sehr, sehr schön! Da wird sich das Jesukindlein freuen!
Kind 4:	*Beruhigt, stolz:* Hihi!
Mesner:	*Schwitzend, emotionslos:* So, do waar des ganze Graffel! *Wirft einen Berg Kostüme auf den Boden.*
Pfarrer:	*Tadelnd:* Also Herr Mesner! Mäßigen Sie sich! Das ist kein Graffel, das sind christliche Kostüme, die die Geburt unseres Herrn darstellen helfen!
Mesner:	Tschuldigung Hochwürden, war ned so gmoant! Also, des waarns dann, die christlichen Kostüme zwecks der Geburt vo unserm Herrn!
Pfarrer:	Danke schön! So, liebe Kinder, jetzt kann sich jeder von euch sein Kostüm aussuchen. *Zu einem rotbackigen, stark übergewichtigen Knaben:* Alois, was bist denn du?
Kind 5:	*In brutalstem Oberpfälzisch:* I bin Hirt!
Pfarrer:	Ach, ein Hirte! Na, du bist ja dann ein kräftiger Hirte!
Kind 5:	*Stolz:* I iß in da Friah vier Oier!
Pfarrer:	Sehr schön!
Kind 5:	*Während er in den Kostümen wühlt:* Am Sunnta sechs! Und a Nusseck!
Pfarrer:	Na, dann hast ja einen gesegneten Appetit!
Kind 5:	Bounty mog i aa und Döner! Is des a Hirt? *Hält dem Pfarrer einen abgegriffenen Mantel unter die Nase.*
Pfarrer:	Ist das ein Hirtenkostüm, Herr Mesner?
Mesner:	Zoag her, Alise!
Kind 5:	*Hält dem Mesner den Mantel unter die Nase.* Is des a Hirt?
Mesner:	Naa, des is dem Josef sei Mantel! Wer isen da Josef?
Kind 6:	Ich!
Pfarrer:	Ja, der Noel! Ein schöner Josef! Alois, gibst du bitte den Mantel dem Noel!
Kind 5:	Do Noel, dei Mantl! Mir hätt der eh ned passt! Wal du bist dodal dirr!
Kind 6:	*Nimmt freudig den Mantel und wendet sich dann stolz an seine Mutter:* Mama, schau, mein Mantel!

138

Mutter 6:	Trag ihn mit Würde, Noel!
Kind 6:	Nein, lieber mit Schal!
Mutter 6:	Das verstehst du nicht!
Kind 6:	Was?
Pfarrer:	Ist schon in Ordnung, Noel! Du darfst gerne einen Schal dazu tragen!
Kind 6:	Juhu! Komm Mama, gehen wir!
Pfarrer:	Kannst du deinen Text auch schon, Noel?
Kind 6:	*Rezitiert fehlerfrei und mit dramaturgisch einwandfreier Betonung:* Oh du mein geliebtes Weib, was für eine kalte Bleib'! Ich hoff so, dass du nicht sehr frierst, wenn du unser Kind gebirst!
Pfarrer:	Wunderbar, Noel, wunderbar! Dann bis morgen!
Kind 5:	*Hält dem Pfarrer erneut ein Fell unter die Nase.* Is **des** a Hirt?
Pfarrer:	Nein Alois, das ist ein Schaf! Das siehst du ja am Fell! Das kannst du gleich der Kerstin geben! Oder Kerstin, du bist doch ein Schaf?
Kind 1:	Mähähäää!
Pfarrer:	Na siehst du! Da schau, Kerstin, der Alois gibt dir dein Fell!
Mutter 1:	*Besorgt:* Ist das ein echtes Schaffell?
Mesner:	No frale! Alles original Schof!
Mutter 1:	Kerstin, dann kannst du kein Schaf spielen! Du hast doch eine Schafwollallergie!
Kind 1:	*Weinerlich:* Ich will aber ein Schaf sein! *Mäht traurig.*
Mutter 1:	Das tut mir wirklich leid, Kerstin! Aber dann kriegst du wieder überall dieses juckenden Pusteln und diese Atemnot!
Kind 1:	*Bockig:* Aber ich will, ich will, ich will! Mennooo!
Pfarrer:	*Betroffen:* Kerstin, jetzt reg dich nicht auf! Ich hätte da einen Vorschlag: Du könntest ja ein geschorenes Schaf sein, ohne Fell! Das wär doch was, oder?
Kind 1:	Darf ich ein geschorenes Schaf sein, Mama?
Mutter 1:	Aber das ist doch lächerlich! Wenn du in ganz normaler Kleidung da rumläufst, weiß doch kein Mensch, dass du ein Schaf bist! Du machst dich ja zum Affen!
Kind 1:	Ich will aber ein Schaf sein, kein Affe!

Pfarrer:	Also wenn du kräftig „Mäh" schreist, dann merken doch alle Leute, dass du ein Schaf bist! Auch ohne Fell!
Kind 1:	Genau, Mama! Ich mag ein Schaf sein! Auch ohne Fell!
Mutter 1:	*Genervt:* Meinetwegen, mir soll es recht sein! Ich muss ja nicht als normal gekleidetes Kind in der Kirche rumlaufen und „Mäh" schreien! Wenn du dich lächerlich machen willst – bitte schön!
Kind 5:	Wem soll i denn jetza des Fell gem?
Pfarrer:	Gib es der Julia, Alois! Die ist auch ein Schaf! Julia, bist du auch allergisch?
Kind 2:	Ja, gegen Wirsing! Gell, Mama?
Mutter 2:	Und gegen rote Bete!
Kind 2:	Gottseidank! Die mag ich nicht! Ich würde nie rote Bete essen!
Kind 5:	I iß am Sunnta sechs Oier! Und a Nusseck! Do host dei Föll. *Gibt dem Kind 2 sein Schaffell und sucht dann im Haufen weiter nach seinem Kostüm.* Zefix, wou isn da Hirt?
Pfarrer:	*Bekreuzigt sich schockiert.* Alois!!! Wie heißt das zweite Gebot?
Kind 5:	*Hält kurz mit dem Wühlen inne und grübelt.* Zefix, mir follts ned ei!
Pfarrer:	*Kopfschüttelnd und nicht mehr so mild wie bisher:* Alois!!! Jetzt reichts aber! „Du sollst nicht fluchen!" heißt es! Und schon gar nicht in der Kirche! Ich will so was nie wieder hören! Nie wieder, gell?
Kind 5:	*Schuldbewusst:* Nie wieder fluach i in da Kircha! Wenn, dann draußt!
Pfarrer:	*Böse, laut:* Du sollst überhaupt nicht fluchen! Das ist eine Sünde!
Kind 5:	Ja guat, dann fluach i überhaupt ned!
Pfarrer:	*Wieder versöhnlicher:* So ists recht! *Tätschelt den pausbäckigen Alois am ausgeprägten Stiftenkopf.* Und jetzt such weiter, viele Kostüme sind ja nicht mehr da!
Kind 5:	Do is fast gor nix mehr do! *Rundherum sieht man mähende und muhende Kinder, voller Freude über ihr Kostüm bzw. ihr Fell als Hase, Schaf oder Kuh. Kerstin ist ohne Fell, aber trotzdem glücklich über ihre Rolle als geschorenes Schaf, nur Alois wird langsam bedrückter, da er immer noch kein erkennbarer*

Hirte, sondern lediglich ein feister Schüler ist. Des gibts doch ned! Do faahlt a Hirt!

Kind 6: Ich bin ein Hirte, schau! *Zeigt stolz Stock und Hirtenhut.*

Kind 5: Ja wos? Host du koan Mantel oder a Jackn oder wos? Bloß an Hout und an Stecka?

Mesner: De Hirtn ham koa Gwand ned! Bloß an Hut und an Stock!

Kind 5: *Schüttelt genervt den Kopf.* Pff! Do konne lang soucha. Host ghört, Mama? A Hirt hod koa Gwand, bloß an Hout und an Stecka!

Mutter 5: *Genervt:* Jaja, hobs scho ghört! Jetza nimm dei Glump und kimm! I muass no Schnee raama!

Pfarrer: *Lächelnd:* Schneeräumen? Das macht üblicherweise der Mann! *Zu Alois, der mit Hut und Stock als klassischer und wohlgenährter Hirt dasteht:* Das musst du dem Papa mal sagen, dass er Schneeräumen soll!

Kind 5: *Traurig:* Mei Papa is nimmer da, der is in einer besseren Welt!

Pfarrer: *Peinlichst berührt:* Oh Gott, ist er im Himmel?

Mutter 5: Naa, in Straubing! Der is mit seiner Schnalln nach Straubing ab, der Krippl, der elendige! Der alte Depp bild sich ei, er gfallt dem Flitscherl! Lächerlich! Der wird schaun! Wenn sei Geld weg is, dann is sie aa weg! Dann kimmt er wieder daherkrocha! Owa dann konn er mi kreizweis!

Pfarrer: *Bereut es, das Thema Vater angeschnitten zu haben.* Naja, kommt Zeit, kommt Rat! So, habt ihr jetzt alle ein Kostüm?

Alle Kinder und alle Mütter nicken zustimmend und überwiegend auch begeistert! Alois ist der Hirtenhut zu klein bzw. dem Hirtenhut ist der Kopf zu groß, was Alois aber nicht stört – zufrieden klopft er mit dem Stock auf den Boden und tut allen kund, wie stolz er auf seinen Berufsstand ist: „D' Hirten san voll hirt!"

Mesner: Der Engel liegt no do! *Deutet auf Flügel, eine Art weißes Nachthemd und einen güldenen Stirnreif, die noch auf dem Boden liegen.*

Pfarrer: *Blickt fragend in die Runde.* Ja genau! Der Engel braucht noch seine Sachen! Wo ist er denn, der Engel?

Alle sehen sich suchend um.

Kind 2:	Da Ragomir Zvinczicz is da Engel!
Kind 4:	Genau, da Ragi! Wo isn da Ragi?
Kind 1:	Die sind doch gestern nach Belgrad gefahren, weil sie Weihnachten bei seiner Oma sind!
Pfarrer:	*Bestürzt:* Ja, aber dann kann doch der Ragomir nicht den Engel spielen, wenn er in Belgrad ist!
Mesner:	Eher ned!
Pfarrer:	*Ratlos:* Ja, wer macht denn dann jetzt den Engel? Der hat ja auch eine Menge Text! Das kann man ja bis morgen gar nicht mehr lernen! *Sieht den Mesner an.*
Mesner:	Wieso schaun Sie mi so o? Ned scho wieder! Ned scho wieder i! I hob letzts Johr erst den Engel gspielt, weil da Brummer Thilo an vereiterten Blinddarm ghabt hod! Alle hams glacht, wia i im Nachthemad und mit de Flügel dogstandn bin zwischen de ganzen Kinder! Alle hamms glacht! Am Stammtisch hams gsagt, i hob ausgschaut wia a Patient, der wo nach da Operation gstorm is! Ned scho wieder i!
Pfarrer:	Herr Mesner! Ohne Engel können wir kein Krippenspiel aufführen! Und wir wollen doch ein Krippenspiel aufführen! Oder, liebe Kinder?
Kinder:	*Im Chor:* Krippenspiel! Krippenspiel! Mäh! Muh!
Pfarrer:	Na sehen Sie, Herr Mesner! Die Kinder freuen sich schon so darauf!
Mesner:	Herr Pfarrer! Des schaut doch schei … blöd aus, wenn i mit meine 188 cm unter de ganzen Kinder steht! I schau ja aus wia da Goliath!
Pfarrer:	Das stimmt doch gar nicht! Der Engel soll ja eine imposante Erscheinung sein! Und Sie können doch den Text noch vom letzten Jahr, oder?
Mesner:	Ja, so in etwa scho! *Überlegt kurz und rezitiert dann stolz:* Ihr Hirten von weit, weit her, ich berichte euch frohe Mär, ein Stern hat euch hierher geschickt, weil heut hat das Licht der Welt erblickt, Christus, der König von uns allen, der Chor der Engel soll erschallen und so weiter und so weiter …

142

Die Anwesenden spenden spontan Applaus für die gelungene Darbietung.

Pfarrer: Na sehen Sie, Herr Mesner: Wunderbar!

Mesner: In Gotts Nam, dann moch i halt wieder den Engel! *Verärgert:* Muass akkrat da Ragomir, der Hanswurscht, aaf Belgrad owe fohrn! Wenn i ein Engel bin, dann konn i ned noch Belgrad fohrn! Dann bleib i do!

Pfarrer: Jetzt regen Sie sich nicht auf! Das wird schön morgen, Sie werden sehen!

Mesner: Ja, is scho recht! *Hebt missmutig und ächzend sein Engelequipment auf.*

Pfarrer: Na gut, dann sehen wir uns morgen um 15 Uhr zur Kindermette! Seid alle schön pünktlich, gell! Danke euch fürs Kommen und Gott behüte euch bis morgen!

Die Versammlung löst sich auf, Kinder und Mütter verlassen den Raum. Nur Alois geht nochmal zum Pfarrer.

Kind 5: Herr Pfarrer!

Pfarrer: Ja, Alois? Ist noch was?

Kind 5: Herr Pfarrer, i hätt fei den Engel scho gmacht fürn Ragi. Owa i glaub, bei mir hätts des Nachthemad zrissn!

Pfarrer: Das ist wohl wahr! Aber danke!

Kind 5: Gern gscheng! *Verläßt, einen Schokoriegel mampfend, den Raum.*

„Qualität" – ein eigentlich relativ bekanntes Wort mit acht Buchstaben. Relativ unbekannt ist dieses Wort aber scheinbar in den Redaktionen mancher TV-Sender. Noch vor einigen Jahren war diese Tatsache Anregung für mich, ironische und vielleicht bzw. hoffentlich lustige Texte darüber zu verfassen.

Doch in letzter Zeit muss ich mich zunehmend ärgern über das, was dem Zuschauer und der Zuschauerin, der/die seine/ihre Zellen im Gehirn, seine/ihre Tassen im Schrank und seine/ihre Latten am Zaun noch halbwegs beieinander hat, zugemutet wird. Oft habe ich mir schon gedacht: „Na gottseidank! Jetzt ist endlich die unterste Schublade der Fernsehunterhaltung erreicht! Schlechter gehts nimmer!" Aber es ging! Und es geht immer noch, auch wenn die Verantwortlichen eines Privatsenders mit drei Buchstaben auf ihren vier Buchstaben im repräsentativen Redaktionsbüro sitzen und verzweifelt nach Ideen ringen, wie sie aussehen könnte,

Die neue Show

Anwesend beim Brainstorming sind:

Der Boss:
Konnte in diese Position gelangen, da alle anderen noch dümmer sind als er

Der Kreative:
Hatte einmal im Suff eine Idee, die erfolgreich war – gilt seither als Superhirn

Der Klugscheißer:
Hat schon mal in Los Angeles gewohnt, nur 2 km Luftlinie von den Filmstudios entfernt – ist deshalb überzeugt, der einzige Profi im Raum zu sein. Ein Grund für diese Überzeugung ist auch die Tatsache, dass er einmal bei einer Oscarverleihung die Autotüren aufhalten durfte.

Der Prokurist:
Spießig, konsumiert weder Alkohol noch Drogen, ist immer noch nicht aus der Kirche ausgetreten. Wird aber geduldet, weil er als einziger im ganzen Sender in der Lage ist, zwei zweistellige Zahlen im Kopf zu addieren.

Der Idiot:
Wird zu jeder Konferenz eingeladen, damit sich alle anderen gut fühlen. Freut sich, dabei zu sein und ahnt nicht, dass er die Rolle des Idioten innehat.

Die Quotenfrau:
Top geschminkt, top gestylt, top Figur, top Frisur, Stammkundin eines top plastischen Chirurgen, wollte eigentlich Model werden, hat diesen Entschluss aber erst mit 15 gefasst und war dann schon zu alt und mit 41 Kilo auch zu schwer. Hat zwei süße kleine Boxerhündchen namens Bo und Tox.

Die Tippse:
Kann mit Word und Excel umgehen, ist deshalb nach dem Prokuristen die Klügste im Raum. Ist zwar nicht so attraktiv wie die Quotenfrau, besteht aber im Gegensatz zu dieser zu 100 Prozent noch aus sich selbst.

Boss:	*Lümmelt, den rechten Unterschenkel auf dem linken Oberschenkel, in seinem Designer-Chefsessel.* Tja, Leute, das war wohl nix! Unsere Produktion „Diabeteskranke bei all-you-can-eat" war ein Rohrkrepierer! Außer Spesen nichts gewesen! Da war ja „Hausmeister in der Nachtschicht" noch besser! Wer, wenn ich fragen darf, hatte denn die Idee zu dieser geschissenen Realitysoap mit den Insulinjunkies?
Kreativer:	*Mit abwehrender Handbewegung:* Not my business! Ey Leute, meine Idee war das nicht! Never! Das war das geistige Exkrement von Schwenzl-Vlucovic!
Boss:	*Mit fragendem Blick:* Schwenzl-Vlucovic? Wer ist das nochmal?
Klugscheißer:	Der war mal Creativ-Director hier. Haben wir aber entsorgt, der ist schon seit drei Wochen nicht mehr da! Vollpfosten das, war ein Griff ins Klo, den einzustellen! Fehlinvestment, worst case, der Mann!
Boss:	Ah ja! Genau, ich erinnere mich dunkel! Gut, dass wir ihn los sind! So eine Schnapsidee – Diabeteskranke bei all-you-can-eat! *Schüttelt den Kopf und verdreht missbilligend die Augen.*
Prokurist:	Naja, der Ansatz war ja nicht mal schlecht! Weil Dragan …

Boss:	Weil wer?
Prokurist:	Dragan Schwenzl-Vlucovic, unser ehemaliger Creativ-Director!
Boss:	Achso, der!
Idiot:	*Dümmlich grinsend:* Cooler Name, das!
Prokurist:	*Vorwurfsvoll:* Was heißt hier cooler Name? Dragan kommt aus Bosnien und ist mit Doris Schwenzl verheiratet! Was ist daran cool?
Idiot:	*Verlegen, schuldbewusst:* Ich meinte nur!
Boss:	Alles klar, Herr ... äh ...
Idiot:	Volkmar Hör-Funk!
Boss:	Genau! Jetzt noch mal, Herr Prokurist: Was meinte der Mensch aus Bosnien?
Prokurist:	Also Dragan hat gemeint, dass man mit dem Thema Diabetes hohe Werbeeinnahmen generieren könnte. Weil Diabetes ist voll im Kommen! Die Leute fressen und saufen alles in sich hinein und dann: Bingo! Sie brauchen Medikamente! Und die Pharmaindustrie kann für ihre Produkte werben und zahlt für die Werbeeinblendungen während der Show jeden Preis! So war das Konzept konzeptionell konzipiert!
Boss:	Ging aber schief!
Klugscheißer:	Musste ja schiefgehen!
Prokurist:	Wieso musste?
Klugscheißer:	Weil Diabetes null Unterhaltungswert hat! Zucker zu haben hat keine Entertainmentqualität! Wer sieht sich so was an-keine Sau!
Boss:	Eben! Und darum: Wir brauchen ein neues Showkonzept! Was griffiges, was noch nie dagewesenes, einen Burner! Also Leute, who has an idea? Strengt eure Denkäpfel an! Oder habt ihr den Kopf nur, damit der Hals nicht offen ist?
Kreativer:	*Schüchtern, abwartend:* Eine Kochshow wäre doch nicht schlecht!
Klugscheißer:	*Abfällig:* Kochshow? Kochshow? Ey, das ist aber jetzt nicht dein Ernst? Haaallo? *Klopft dem Kreativen mit der flachen Hand an die Stirn.* Kochshows gibts wie Sand am Strand! Auf jedem Sender wird gekocht! Lafer kocht,

Lichter kocht, Lecker kocht! Dann noch dieser seltsame Brite, der den Schulkindern dauernd klarmachen will, dass sie nur Sellerie und Rhabarber fressen sollen! Dann der geschmackige Ober-Bayer Schubeck und der Typ aus Hamburg, der immer seine Freundin neben den Ofen stellt! Lanz kocht auch rum in der Gegend! Also Kochshow: No way!

Boss: Seh ich auch so! Also Leute, der ganze Komplex Food ist doch längst durch! Game over! Mit dieser Brutzlerei lockst du doch keinen Hund mehr hinter dem Ofen hervor!

Idiot: Apropos, wie wäre das: Ein Koch, der für Hunde kocht!

Klugscheißer: *Spöttisch:* Ach was! Vielleicht noch mit Hundefutterwerbung zwischen Hauptgang und Dessert?

Idiot: *Begeistert, die Ironie des Klugscheißers nicht bemerkend:* Ja genau! Das wärs doch!

Boss: Kacke! Kochen für Hunde – so eine Riesenkacke! Und in der Jury sitzen dann ein Dackel, ein Boxer und ein Bullterrier und vergeben Punkte von 1 bis 10! Und zum Schluss frisst der Bullterrier den Rest der Jury auf! Schöne Vorstellung eigentlich, hat was, aber geht so nicht! Da hast du sofort die ganzen Tierschützer an der Backe!

Idiot: Ich hab bloß gemeint!

Klugscheißer: Cooking kannst du vergessen, egal ob für Menschen oder irgendwelche Köter! Und der Begriff „Koch" ist ja sowieso voll hohl! Heutzutage schimpft sich doch jeder, der einen Löffel gerade halten kann, Koch!

Boss: Na gut, das schon. Aber es schimpft sich auch jeder, der drei Wörter nach zwei Stunden auswendig lernen kann, Schauspieler! Und jede, die bei der Modenschau des Waldvereins eine Strickweste vorgeführt hat, meint, sie ist ein Model!

Idiot: Hahaha! Strickweste! Stark! Hahaha! *Kringelt sich vor Lachen.*

Kreativer: Ich mein ja keine normale Kochshow, nicht diese Mainstreamkocherei mit normalen Köchen! Wie wärs zum Beispiel mit schwulen Köchen?

Klugscheißer: Hallo-o! Schon mal was von Biolek gehört?

Boss:	Genau! Hatten wir alles schon! Wir brauchen was Neues!
Tippse:	Ähem, soll ich das jetzt alles mitschreiben?
Boss:	Diesen Schrott nicht! War bisher nur geistiger Dünnschiss!
Idiot:	*Schüttelt überaus amüsiert den Kopf.* Geistiger Dünnschiss! Stark!
Boss:	Ich sags dann schon, wenn es soweit ist, dass du mitschreiben sollst, Desiree!
Tippse:	Nicole!
Boss:	Oder so!
Tippse:	Okidoki, Chef! *Zwinkert dem Boss ziemlich eindeutig zu, was auf ein nicht nur berufliches Verhältnis schließen lässt.*
Kreativer:	Okay, schwul geht nicht. Wie wärs mit einem Koch mit Migrationshintergrund? Das wär doch was, oder?
Boss:	Ist doch nix Neues! Der Lafer kommt doch aus Österreich, oder?
Klugscheißer:	Türlich, hört man doch!
Boss:	Also! Der is Migrant!
Kreativer:	Dann wirds echt schwierig!
Prokurist:	Ich möchte nur an den Kostenfaktor erinnern! Er darf auf jeden Fall nicht zu teuer sein. Eigentlich muss es gar kein Koch sein! Haben wir nicht irgend einen arbeitslosen Schauspieler, der froh ist, wenn er seine Visage in die Kamera halten darf? Solche Typen machens fast umsonst!
Boss:	Gute Idee! Kosten senken ist immer gut! Und irgendwie sieht jeder wie ein Koch aus. Setz ihm eine weiße Mütze auf und gib ihm einen Pürierstab in die Pfote – et voila, fertig ist der Gourmetkoch!
Prokurist:	*Erfreut über die unerwartet gute Resonanz auf seine Idee:* Ja genau!
Klugscheißer:	Ja okay, damit kann ich leben. Aber wir müssen dem Typen dann trotzdem noch eine Personality verpassen! Ohne Personality wird das nix!
Idiot:	Vielleicht, dass er schwer krank ist? Das kommt immer gut!
Boss:	Spinnst du? Womöglich noch was Ansteckendes! Und dann live Kochen! Nee, is voll das NoGo! Krank is nix!

	Bei DSDS oder wie diese ganze Talentmischpoke heißt, da schadet eine Krankheit nix, aber bitte keinen kranken Koch!
Klugscheißer:	*Zum Idiot:* Idiot!
Idiot:	Selber!
Quotenfrau:	*Ist gerade mit simsen fertig geworden.* Und was haltet ihr von vorbestraft?
Boss:	Vorbestraft? Hm ...
Klugscheißer:	Wie, vorbestraft?
Quotenfrau:	Naja, vielleicht wegen Mordversuch, weil er seine Frau vergiften wollte.
Boss:	Ey, das klingt gar nicht so übel! Das hat was, das hat echt was! Mensch, stellt euch vor: Ein vor lauter Eifersucht geistesgestörter Koch wollte seine Frau vergiften mit einer Wurst. Die hatte einen Verdacht und gab die Wurst testhalber dem Hund, der dann wüste Krämpfe bekam, aber es im Endeffekt überlebte. Er muss überleben, weil sonst die ganzen Tierfreunde aus Protest abschalten!
Idiot:	*Trotzig:* Also doch mit Hund!
Klugscheißer:	Aber in einem ganz anderen Kontext! Du wolltest ja für die Hunde kochen! *Zum Boss:* Genial! Der Koch war zwei Jahre in der geschlossenen Psychiatrie und ist als geheilt entlassen! Er findet auf Grund seiner Vorgeschichte keine Anstellung und bewirbt sich bei uns als Fernsehkoch. Wir geben ihm eine Chance und lassen ihn für eine Jury kochen, sind uns allerdings selbst nicht ganz sicher, ob er inzwischen wieder alle Tassen im Schrank hat!
Prokurist:	Das müssten wir dann in der Presseerklärung so formulieren, dass wir Respekt haben vor dem Mut der Jury, die das isst, was der kocht! Weil es ja nicht ganz sicher ist, ob der Koch nicht doch noch ein Giftmischer ist!
Boss:	Suuuper! *Redet sich in Ekstase:* Und dann, wow, ich seh es direkt vor mir, und dann bekommt ein Jurymitglied, ein weibliches, Bauchkrämpfe, live natürlich, Notarzt, Panik, Polizei, Giftalarm, das ganze Programm, das Jurymitglied kotzt die Bude voll, Nahaufnahme, Koch wird

	festgenommen, beteuert seine Unschuld. Abbruch der Sendung! Im Krankenhaus stellt sich heraus: Es war kein Gift im Spiel, die Dame ist schwanger!
Idiot:	Vom Koch?
Boss:	Das ginge zu weit! Auf jeden Fall kündigen wir in der Presse eine Aufklärung mit Liveinterviews in der nächsten Sendung an! Stellt euch nur mal diese Einschaltquoten vor!
Klugscheißer:	*Außer sich vor Begeisterung:* Der Wahnsinn! Der totale Wahnsinn! Und dann, damit das Ganze den finalen Kick bekommt: Das weibliche Jurymitglied wird wegen der Schwangerschaft und den damit einhergehenden Kotzanfällen suspendiert und durch einen Mann ersetzt. Und dann stellt sich heraus, dass das der Nebenbuhler ist, den der Koch einst vergiften wollte!
Quotenfrau:	Aber den erkennt der Koch doch dann!
Klugscheißer:	*Nach wie vor begeistert:* Eben nicht, eben nicht! Er hat sich verkleidet, mit Bart, Perücke und so! Nur um dem verhassten Koch eins auszuwischen und ihm als Jurymitglied null Punkte zu geben und ihn vor der ganzen Fernsehnation zu demütigen!
Quotenfrau:	Und jetzt kommts: Der Koch tut so, als ob er ihn nicht erkennt, erkennt ihn aber doch! Der alte Wahnsinn frisst sich wieder in sein Hirn und er mischt Gift in das Essen des Nebenbuhlers!
Klugscheißer:	Und dann tauschen die Jurymitglieder aus Jux und Tollerei die Teller aus und der Koch weiß nicht, wie er reagieren soll!
Boss:	*Restlos begeistert:* Gekauft! Seht ihr Leute, so stell ich mir das vor! Das ist Action, das ist Reality! Das Brainstorming war ein voller Erfolg!
Prokurist:	Also, wenn ich mir das so recht überlege: Das Ganze ist doch völlig irr! Das ist doch was für die Klapsmühle!
Boss:	Genau! Dann ist es für unsere Zuschauer optimal geeignet!

Armer Petrus

An Tagen, wo die Sonne wärmt
sind manche Menschen ganz verhärmt.
„Oh, ich hasse diese Hitze,
weil ich unerträglich schwitze!",
so hört man an schönen Tagen
manche Idioten klagen.
Diesen wäre es viel lieber,
hätts unter 20 Grad, nicht drüber.

Andere freuen sich fast nie,
denn diese Menschen fahren Schi.
Es schneit bei uns zwar immer wieder,
doch geht der Schnee als Regen nieder.
Dann sieht man sie im Keller hocken,
wie sie auf den Petrus bocken,
weil jede Wolke Wasser bieselt
und kein Schnee aus ihr rausrieselt.
An den Stahlkanten erster Rost
und draußen nach wie vor kein Frost!
Statt dass man die Piste runterbrettert,
hat man zweitausend Euro hingeblättert,
für Ski und Board und für Klamotten,
die allesamt langsam verrotten.
Dass man nicht mehr Schifahrn kann,
da ist das Klima schuld daran!
Verdammte Erderwärmerei,
verrecken sollst du, CO_2!

Dann gibt es Menschen von der Sorte,
die meiden gut belüftete Orte,
kurz: Sie hassen Sturm und Wind
weil sie (wie ich nicht) behaart noch sind,
und der Fön von Mutter Natur
zerstört ihnen die Frisur.

„Ist das Wetter kühl und nass,
füllt es Scheune mir und Fass!",
ruft der Landmann freudig aus,
wenn Regen prasselt vor dem Haus.
Ein anderer ruft: „Um Himmels Willen,
es schifft schon wieder und ich will grillen!"

So sorgt fast jede Witterung
bei Menschen für Verbitterung.
Keinem ist das Wetter recht,
das liegt oft auch am Geschlecht:
Es kommt vor, dass in der Nacht
sie nicht schläft und er noch wacht,
die Frau, sie zittert, weil sie friert,
während der Gatte transpiriert,
er macht das Fenster auf, sie zu
und beide finden keine Ruh.

Auch in der schönen Urlaubszeit,
macht das Wetter keine Freid.
Der eine braucht Sonne, 30 Grad,
weil er noch keine Bräune hat,
beim anderen schält sich schon die Haut,
weshalb ihm furchtbar davor graut,
sich im Freien zu bewegen,
es sei denn, bei starkem Regen.

So ist es halt auf dieser Welt,
dass jedem etwas anderes gfällt!
Heuen, häckseln, Dach einschalen,
nach Hechten angeln und nach Aalen,
Fundamente betonieren,
Bundesstraßen asphaltieren,
Schlittenfahren, Schneemann bauen,
Pilze suchen, Brennholz klauen,
beim Nordic Walking heftig schwitzen,
faul auf der Terrasse sitzen,

Unkraut jäten, Garten gießen,
damit die Radieschen sprießen,
bei Volksfest plärren: „Hoch die Tassen!",
immer soll das Wetter passen,
doch niemals sind wir alle froh,
weil einer will es so, der andere so.

Ob Regen, Nebel, Sonnenschein:
Petrus ist ein armes Schwein!

Alte Knacker (Teil 2)

I hobs ja im Teil 1 scho erwähnt, wie frustrierend die Essensgewohnheiten meiner Stammtischkumpel für mi als innerlich 25-jährigen san. Owa des san ned bloß im Verdauungsbereich uralte Männer worn, aa im Intimbereich!

Keine Angst, i will jetza des peinliche Thema ned detailliert behandeln, weil mei Buach soll jugendfrei sei, owa oans muass i scho sogn: Des Verhalten vom Kare im zwischengeschlechtlichen Bereich hod sich brutal geändert! Da Kare, der war früher rein männlich kaum zum bremsen! Der wenn um zwölfe vom Wirtshaus ausse, dann hod er gsagt: „Hoffentlich is mei Schatz no wach, weil heit wird no kuschelt, dass staubt!" Und wenns dann ned wach war, dann hodas aufgweckt! „Schlaffa konnst, wennma alt san!", hod er immer gsagt zu ihr.

Und heit? Heit wenn er um holwe elfe hoamgeht, weil er um elfe no sei Hühnerauge mit Bimsstein abreim muass, dann sagt er: „Hoffentlich schlafts scho, dass i mei Ruah hob! Und hoffentlich hods ned wieder an Rosamunde-Pilcher-Film ogschaut, weil do wirds allaweil so komisch! Do muasses dann immer olanga! Gott bewahre!"

Unglaublich, wie der männliche Mensch sich verändert, wenn er älter wird! Also, der gewöhnliche männliche Mensch, i natürlich ned!

Von de Trinkgewohnheiten will i gar nix sagen, weil des is erschütternd! Wenn mir früher im Wirtshaus zahlt ham und 's Reserl hod alles zammgschriem, wos mir konsumiert ham, dann war des im Durchschnitt für sechs Mann folgende Verzehrliste:

Circa 25 Weißbier, umara 20 Schnaps, vereinzelte Rotweine, 3 Schachteln Zigrettn und natürlich de bereits im Teil 1 erwähnten Schweinshaxen!

Heitzutags wenn mir zahln, dann schaut de Rechnung eher trist aus: 8 Mineralwasser, natürlich a stilles, weil des mit Kohlensäure is unbekömmlich, weil des koppt immer affa, 6 koffeinfreie Cappuccino ohne Sahne (wegen Laktoseunverträglichkeit), 6 KiSaScho, des san Kirschsaftschorlen!

Vor 20 Johrn, wenn du als Mo in an bayerischen Wirtshaus a KiSaScho bstellt hättst, dann hättens di aussegworfa! Am Schluß vo da Rechnung steht dann no 1 leichtes Weizen – des bin i, weil i bin da oanzige, der no halbwegs safft!

Es is einfach nimmer lustig!

In letzter Zeit fangens jetza damit o, dass erzähln, wias alles vergessn. Da Erwin hod gsagt, er is unlängst dahoam in den Keller oweganga, weil er sich a Bier holn wollt. Und wia er im Keller unten war, hod er nimmer gwisst, warum er in den Keller owe ganga is. Er war so verzweifelt, dass er a Glasl Einweckkirschen gnumma hod und damit affeganga is ins Wohnzimmer. Durt war er dann dermaßen verstört, dass er im Fernseh „Sturm der Liebe" ogschaut hod. Mit seiner Frau! Da Kare sagt, des is eam aa passiert mit dem Vergessen vom Bier. Owa er hod jetza draaf reagiert: Er schickt sei Frau ums Bier in den Keller, weil de konn ihr des no mirka.

Für mi als Menschen, der innerlich no jung is, is des dermaßen schlimm! I pass eigentlich gar nimmer dazua zu de alten Knacker! Obwohl mir manchmal aa scho Sachen passiern, de mir zu denken geben! I war neilich in München zwecks Rundfunkaufnahmen. Wia mir fertig warn, wars scho a weng später und i hob mir denkt: „Übernachst im Hotel und fahrst morgen in aller Ruhe hoam in die Oberpfalz!" Dann hob i mir in an griechischen Wirtshaus a Mass kafft und an Marathon-Spieß, weil wenn i scho amal in München bin, dann möcht i scho wos Typisches! Nach dem Griechen bin i ins Hotel ganga. Kimm i an einer Diskothek vorbei, do spricht mi a jungs, bildsaubers Deandl o mit einem Röckerl, wo i mir ned sicher war, ob der Rock breiter war oder mei Hosengürtel.

Sagts zu mir folgendes, i hob glaubt, i hör ned recht: „Entschuldigung, eine Frage: Daadn Sie mi vielleicht heimbegleiten? Des waar furchtbar nett von Eahna!"

I hob mir dermaßen gfreit, weil des Deandl offenbar erkannt hod, dass i innerlich erst 25 bin.

„No freilich!", hob i gsagt, „gern! Du, i find des fei echt toll, dass du vo mir hoambegleitet werden willst! Voll cool! Dufte!"

Jaja, i kenn mi aus mit der Sprache der Jugend!

Dann sagts: „Ja, weil wissens, es is ja scho dunkel und man is ja als jungs Deandl ned sicher! Stellns Eahna vor, es kommt in der Dunkelheit a Mann daher!"

Do war i dann scho a weng irritiert und hob gsagt: „Äh, du woasst owa scho, dass i aa a Mann bin?"

Dann hods glacht und hod gsagt: „Ja, scho! Owa i moan ja an echten!"

So eine blöde Goass!

I hobs meine Freind gar ned erzählt, weil de hätten mi bestimmt ausglacht!

Hoffentlich lesens des Buach ned!

So ist das Leben

Manchmal laut und manchmal leise,
manchmal super, manchmal scheiße,
manchmal Lust und manchmal Graus
und dann aus!

Weitere Bücher und CDs von Toni Lauerer

Toni Lauerer
I glaub, i spinn
160 Seiten, Format 13,5 x 20,5 cm,
Hardcover, ISBN 978-3-931904-43-2
Preis: 14,90 EUR

Toni Lauerer
I bin's wieder
160 Seiten, Format 13,5 x 20,5 cm,
Hardcover, ISBN 978-3-934863-31-6
Preis: 14,90 EUR

Toni Lauerer
Voll im Trend
160 Seiten, Format 13,5 x 20,5 cm,
Hardcover, ISBN 978-3-934863-68-2
Preis: 14,90 EUR

Toni Lauerer
Endlich wieder gschafft
160 Seiten, Format 13,5 x 20,5 cm,
Hardcover, ISBN 978-3-934863-17-0
Preis: 14, 90 EUR

Toni Lauerer
Hauptsach', es schmeckt!
160 Seiten, Format 13,5 x 20,5 cm,
Hardcover, ISBN 978-3-934863-08-8
Preis: 14,90 EUR

Toni Lauerer
Wos gibt's Neis?
156 Seiten, Format 13,5 x 20,5 cm,
Hardcover, ISBN 978-3-931904-77-7
Preis: 14,90 EUR

Erhältlich im Buchhandel.

Weitere Informationen zum Autor und seinen neuesten Titeln finden Sie unter: www.gietl-verlag.de

Weitere Bücher und CDs von Toni Lauerer

Toni Lauerer
Wos gibt's Neis?
Hörbuch/Audio-CD
ISBN 978-3-934863-42-2
Preis: 14,90 EUR

Toni Lauerer
I glaub, i spinn
Hörbuch/Audio-CD
ISBN 978-3-934863-18-7
Preis: 14,90 EUR

Toni Lauerer
Endlich wieder gschafft
Hörbuch/Audio-CD
ISBN 978-3-934863-22-4
Preis: 14,90 EUR

Toni Lauerer
Die liebe Oma
Minibuch, 48 Seiten,
Format 11,5 x 11,5 cm, Broschur
ISBN 978-3-934863-42-2
Preis: 2,95 EUR

Toni Lauerer
Tolle Frauen, liebe Mütter
Minibuch, 48 Seiten,
Format 11,5 x 11,5 cm, Broschur
ISBN 978-3-934863-63-7
Preis: 2,95 EUR

Toni Lauerer
Eigentlich is wurscht
Hörbuch/Audio-CD
ISBN 978-3-86646-306-6
Preis: 14,90 EUR (lieferbar Nov' 2014)

Toni Lauerer
Gute Besserung
Minibuch, 48 Seiten,
Format 11,5 x 11,5 cm, Broschur
ISBN 978-3-934863-64-4
Preis: 2,95 EUR

Toni Lauerer
Verheiratet, na und?
Minibuch, 48 Seiten,
Format 11,5 x 11,5 cm, Broschur
ISBN 978-3-934863-65-1
Preis: 2,95 EUR

Toni Lauerer
Starke Männer, liebe Väter
Minibuch, 48 Seiten,
Format 11,5 x 11,5 cm, Broschur
ISBN 978-3-934863-42-2
Preis: 2,95 EUR

Erhältlich im Buchhandel.

Weitere Informationen zum Autor und seinen neuesten Titeln finden Sie unter: www.gietl-verlag.de